KISHU AN
MEMORY OF FOOD

文學・老屋・好料理

封德屏——主編

紀州庵一景

目次

序

美食美文，在歷史中相輝映

——從日本料亭到華文文學中心

主編　　封德屏

淡江大學中國文學系博士。曾任雜誌、出版社編輯，並曾參與籌畫《夏潮》雜誌，一九七六年與友人合辦東明出版社。一九八四年進入《文訊》迄今，歷任主編、副總編輯，現任文訊雜誌社社長兼總編輯、台灣文學發展基金會董事長、紀州庵文學森林館長。長期主編《文訊》雜誌，並多次主持《台灣文學年鑑》、《台灣作家作品目錄》等工具書，以及《張秀亞全集》、「台灣現當代作家研究資料彙編」等編纂計畫。著有散文集《美麗的負荷》、《荊棘裡的亮光——文訊編輯檯的故事》、《我們種字，你收書——文訊編輯檯的故事2》。曾獲金鼎獎最佳編輯獎、金鼎獎特別貢獻獎、台北文化獎等。

台灣一九五〇至一九七〇年代的作家，尤其是女作家，大多會在家裡宴客。飯後喝茶聊天，交換創作、養兒育女心得，興致好的甚至來上四圈麻將。我無緣見識「林海音家客廳」聚集海內外、各族群作家學者的風華年代。一九八四年十二月我進入《文訊》，已經是純文學出版社的後期，那時林海音先生已很少在家宴客，多選在逸仙路附近的法國餐廳，用完餐再到她家客廳喝茶聊天。

一九九〇年代，跟著尉天驄、辛鬱到詩人古月、畫家李錫奇伉儷府上作客。當時這些資深作家大約五、六十歲，年長的幾位也七十上下，體力已不如前，加上台北餐廳林立，作家們多改在餐廳聚會。很多時候我是他們餐會中唯一的或少數的「小朋友」、「年輕人」。我聽他們憶往思昔，臧否人事，談文論藝，這些也是我日後編輯台上寶貴的素材。

二〇一一年末，《文訊》所屬的台灣文學發展基金會，從眾多的競爭者中突圍，承接了台北市政府文化局市定古蹟「紀州庵」營運委託案。「紀州庵」最初建於一九一七年，原本是平松家族所經營的日式料亭分館，是一座兩層木構造的料理屋。因緊鄰新店溪畔，景色宜人，獨具特色，當時生意興隆，附近甚至陸續有新茶屋清涼亭等加入，這一帶的新店河畔成了當時的飲宴名所。

一九五〇年代，二戰後的紀州庵轉為公務人員眷舍，小說家王文興曾居於此，《家變》的部分場景便源於此地。一九七〇年代起，純文學、爾雅、洪範、遠流等出版社也不約而同的在城南建立。讓這一地區添增不少文化氣息。

承接歷史任務的我面對著文學出版及傳播日益艱難的處境，想跳出紙本出版的單一模式，借助實體空間的跨界合作，以及連結其他的媒介，繼續實踐我們振興、發展文學的使命。為處理住戶搬遷，紀州庵古蹟的修復延宕了三年，加上地處同安街蜿蜒的街底，人跡罕至，雖開出優厚條件，想吸引業界專才來承包餐飲業務，三個月仍乏人問津，只好趕鴨子上架自己經營。

我喜歡美食，也喜歡烹調、宴客。過去多年，在作家客廳、餐廳裡，在外頭餐館中，品嚐過許多美食，聽聞了許多故事，齒頰芬馥，心神癡醉，那是一種千金不換的至高享受。現在，能有機會開這樣一家令人回味無窮的餐廳，多好！

齒頰芬馥，心神癡醉，

那是一種千金不換的至高享受。

我與奮又惶恐，但如何著手？剛開始連什麼是翻桌率都不懂，遑論其他專業技術細節。首先，餐廳與文學如何連結？定位與特色頗費思量。餐廳何其多，如何開創耀眼的亮點、塑造深刻的形象？

早年，前輩作家何止提攜、照顧我，他們的美食也豐盈了我的心與胃。靈光閃現，作家美食！作家私房菜！多少美好故事縈繞，生動有趣、溫馨感人。我深刻體會，真正的美食，色、香、味三覺之外，還得喚醒美食靈魂的第四覺「思覺」，若茶飯不「思」，奈何美食？

主意既定，企劃落實，取得作家首肯、協助，建立烹調SOP，有美食之「思」入菜的「作家私房菜」於焉誕生。

私房菜不需要昂貴食材，但都是作家們珍愛的傳家菜或宴客拿手菜。在紀州庵，品嚐的不只是美食，而是，每一次夾菜、每一口咀嚼，都像是在品味多彩繽紛的人生，感受世間誠悃動人的情誼。

上場的每位作家都是真刀實槍，將獨門功夫，手把手的傳授給紀州庵的廚房。他們對食材、配料及烹調流程的堅持，正如他們創作的過程，沒有一絲馬虎。往往試作、試吃多次，才敢放心讓年輕的廚師接手。正式開賣後，許多作家還會不定時上門，明查暗訪，生怕萬一廚房有閃失，走味走樣，壞了他們的代表作。

二〇一四年，張拓蕪「老友牛肉麵」首發，他和周夢蝶感人的情誼入菜，讓人心扉大開、食指大動。幾年來，陸續邀請不同作家，研發、推出「作家私房菜」十餘道、「私房甜點」一道，也都是各自精彩澎湃，各有鍾愛擁戴。

二〇一七年九月作家李永平過世，樸實木訥的家人數度來台，每次都贈送來自砂拉越的白胡椒。聽了永平家人敘述令人扼腕的胡椒園故事，我做了「白胡椒豬肚湯」，這道在古晉最家常不過的料理，來紀念李永平。

二〇一八年六月，張拓蕪過世，關於「張拓蕪牛肉麵」只好麻煩作家也是他的好友樸月近身側記。至於他自認最拿手的「東坡肉」，可惜無緣重現原味，只能抱憾。

記得帶著工作同仁到古月、李錫奇家裡學做獅子頭，還沒開始，就先吃了一桌美食，聽古月說拿手菜獅子頭的特色，以及之前多少作家、藝術家在此吟詩揮毫、談文論藝的文壇往事。

羅思容用詩詮釋美食很傳神：「味蕾是一座神祕的城，食物是通關密碼……胃囊測度著人情的距離……」滿滿的美食回憶，她以叔公家的農園開啟客家飲食密碼，獨特的香甜味，爽口又滋補，那是仙草和雞肉文火慢燉的完美結合。

客家飲食善於利用食材，成就令人驚豔的美食。最為人稱道的是，運用被小綠葉蟬啃食萎凋的茶芽葉片，重發酵後，成為如今名滿天下的「東方美人茶」。詩人、茶人吳德亮，將客家粄圓（湯圓）和東方美人茶結合，勾起許多人「茶米茶」的童年回憶，也是紀州庵獨特的作家私房甜點。

朱全斌的「上海熏魚」，是外婆傳到母親，年夜飯餐桌上的家傳美食。本是蘇州菜，紀州庵私房菜有各式肉類，這是少數的海鮮料理。兩大片醃過、炸過，再紅燒的草魚，讓人垂涎欲滴。

廖玉蕙的「蹄花麵線」是家族共同的記憶。這道美食召喚家人聚首，凝聚家族感情。簡單的美味，卻是搭起家族血緣的親密橋梁。母親直至臨終，仍鄭重地以這道食物向家人示愛，並用身教告訴子女「施與受」的做人道理。玉蕙另一道美食「芋香牛肉末」也是膾炙人口，重要場合偶見端出，才轉頭，鍋子已經見底。

韓良憶因旅遊度假發現了美味，主要食材是魚、貝、番茄，因地制宜成為良憶版的「烤魚」。為保持魚及蛤蜊的新鮮，紀州庵每天限量供應，物稀不貴，但來晚了只能向隅。

凌煙喜歡嘗試各式烹調，人緣極佳，遠居高雄，但台灣各地都有好友，吃過許多台菜及客家美食，因此善用各種道地食材，改良或創新。微涼的秋冬，松坂肉麻油麵線吃起來特別對味。

有一次在網路上，「做工的人」林立青和一些年輕朋友聊起張拓蕪的《代馬輸卒手記》系列作品，因為已經斷版，我借給他幾本，並介紹他和張拓蕪認識。立青親手做了台式白菜滷給拓老品嘗，也一起在紀州庵吃了幾次牛肉麵，一老一少十分投緣。

很喜歡林立青有些江湖味的憨直，建議他提供一道工地美食，他說「剝皮辣椒雞湯！這是一道克難的料理，簡單粗暴，直接有效！」果真，雞湯辣中帶甜，如洪流般，立刻襲捲了大家細緻挑剔的味蕾。

幾年前在臉書上讀到馬世芳談菜做菜，不僅好看感覺也好吃，有機會見面馬上邀約。他的「川味椒麻雞」有別於市面上泰式油炸椒麻雞，道地的四川花椒、菜籽油，花椒研磨後加細蔥，澆上熱油，

食物的「美好滋味」與心靈的「美好感受」互為表裡。

麻香味四溢，隨即勾起我對母親的思念。

看到蔡明亮寫南洋咖哩雞，標題「我媽姓謝，名若君」，禁不住眼眶泛熱。文中細述成長過程，母親的各式拿手菜、麵食及點心。真的，家是美食的天堂！令人稱羨。咖哩粉指定用泰國品牌，託人飄洋過海帶回，為免斷炊，緊急時還得啟動飛機。

焦桐集詩人、學者、編輯、出版人於一身，近二十年更是知名的美食家。夫婦倆是我年輕時的舊識，一起分享許多職場的奮鬥、生活的喜樂。牛郎義大利麵、啤酒鴨，都有思念、愛慕的味道，充滿了焦桐對家人恆久的愛。

當年，小貓瞿欣怡的白菜燴蛋餃，餡料是肥瘦比剛好的梅花肉餡，加入配料荸薺、薑汁、細蔥，再燴上香菇、大白菜、干貝，好吃極了，但推出後卻不受青睞。

於是我想到，台灣火鍋盛行，蛋餃只是眾多火鍋料之一，美食地位被忽略了。體貼的小貓馬上應變，推出媽媽的家常煎豬排，嫩嫩的豬排帶著煎肉的濃郁香氣，用媽媽的味道開創迎頭趕上的新局。

洪愛珠《老派少女購物路線》打破近年來散文的銷量紀錄。兒時無數盅的冬瓜肉，讓愛珠心中深深烙記外婆和母親。如今，親自尋找食材及配料，反覆試做、試吃，無非要找回當初食物質樸原味的感覺。這樣用心料理的「琥珀蒸肉餅」，融合三代人濃濃的親情，更是美味飄香。

紀州庵早先沒有提供多樣的素食料理。古碧玲是上下游副刊的總編，生活重心為食物、讀物、植物與藝術，既是興趣也是專長，特地委請她推出一道素食，命名為四時流蔬，讓蔬食美味也能隨季節在紀州庵輪流呈現。

作家私房菜每逢有新作發表，一如作家的新書發表會，總是聚焦吸睛。藝文界、美食界、作家親友、媒體朋友……齊聚一堂。作者登台顧盼生姿，作品呈現原汁原味，嚐美食、聽故事、聊心得，好不快樂！

食物的「美好滋味」與心靈的「美好感受」互為表裡。作家私房菜由作家本人執筆，細說從頭，如數家珍，美食、美文交會，相互輝映。

食物承載了許多人的感情、記憶，造就世間多少奇緣、佳話、功業。我們研發、推出作家私房菜，源於人性深處對親情、愛情、友情的恆久眷戀，希望傳承的不僅是珍饈美饌、深情隆誼，還有前人對土地、對食物的敬重、愛護和疼惜的虔誠。

周夢蝶指定料理：

張拓蕪牛肉麵

特別介紹

張拓蕪

本名張時雄，安徽涇縣人，一九二八年生，二〇一八年逝世。十五歲時逃家從軍，改名張拓蕪。一九四八年隨國軍隻身來台，對文藝產生興趣，開始寫作。初期寫詩，一九六二年出版詩集《五月狩》，獲國軍文藝金像獎短詩第二名，詩作也入選過《中國現代文學大系》詩之部。軍旅生涯三十多年，歷任文書士、康樂士、班長、編撰官、節目組長等職，一九七三年不幸中風，從軍中退伍，病後左邊肢體殘疾。後轉寫散文，記錄個人軍旅生涯點滴，創作出《代馬輸卒手記》，出版後蔚為風潮，成為軍中文學經典，更是時代的見證大作，之後出版續作，包括《代馬輸卒續記》、《代馬輸卒餘記》、《代馬輸卒補記》、《代馬輸卒外記》等。其他散文作品有《左殘閒語》、《坎坷歲月》、《坐對一山愁》、《桃花源》、《我家有個渾小子》、《何祇感激二字》、《墾拓荒蕪的大兵傳奇》等。曾獲中山文藝獎、國家文藝獎。

作者

樸月

本名劉明儀。著名作家，曾出版散文集、歷史小說、兒童戲劇故事、傳記小說、詩詞名句賞析等，歷史小說《西風獨自涼》曾獲中國文藝協會小說創作獎，「清宮豔」系列曾改編多齣電視劇集播映。

那可是我自創、獨門的張家牛肉麵！

當聽封德屏告知：她規畫了一年的「作家私房菜」即將在紀州庵茶館正式開賣，而準備推出的「天字第一號」菜單，將是「張拓蕪牛肉麵」，不覺想起了二〇一四年春天應邀到他家吃「牛肉麵」的情景。

上次到張拓蕪家吃牛肉麵，就是封德屏這一策畫之下辦的「張拓蕪牛肉麵品嚐大會」。除了她帶著《文訊》的同仁和攝影師隨行記錄，還請了陳淑美、陶幼春、陳玉女和我「共襄盛舉」。我們一進門，就聞到滿屋子的肉香，只見他「老神在在」的在廚房裡大顯身手。香噴噴的「牛肉麵」端上桌，吃得大家讚不絕口，盡歡而散。封德屏更是得意：這一道「張拓蕪牛肉麵」列入紀州庵茶館菜單，一定叫好叫座。也因此列為這一系列「作家私房菜」的「第一炮」，期待「一炮而紅」！

這不是我頭一次到張拓蕪家作客吃飯。記得兩、三年前，也曾應邀到他家吃過飯。那一次吃的是他做的幾道家常菜。而他「欽點」去參加的，都是文藝界的文友，有丘秀芷、愛亞、陳淑美、陳素芳等，都是「女生」。

他請吃飯，是不許我們進廚房插手幫忙的；似乎對他來說，我們

進出廚房，不是幫忙，而是「礙手礙腳」的「攪和」！但看行動不便的他，一個人忙進忙出的為我們這些「食客」張羅，實在讓我們都覺得吃得有點不安心。

吃飯的時候，我們一群人圍著餐桌，坐得滿滿的。我向他道謝：

「請我們這麼多人吃飯，真是辛苦你了！」

他不以為意地說：

「就你們幾個，算人多？你知道我這屋裡，客人最多的時候有幾個？二十六個！別說飯廳坐不下，客廳裡都站滿了！」

「你幹嘛請那麼多人？」

「不是我請的。是三毛和鄭豐喜的太太吳繼釗帶來的！二十六個全是女生，把我的客廳都擠爆了！」

他說，當天，三毛下廚做沙拉，吳繼釗則帶了蛋糕來。但他家沒那麼多的碗盤，怎麼吃呢？結果，還是三毛跑出去，買了紙盤回來才解決問題。

也因為他的廚藝過人，又熱誠好客，才會有這麼多人樂意到他家聚會吧?!這倒讓我實在有點好奇：像他這樣出身軍旅的「大男人」，

怎麼會做菜的？

他說：

「早年哪會？在軍隊裡，吃的都是現成做好的『大鍋菜』。除了伙夫，誰有機會進廚房？」

「那你做菜，是你結婚之後，太太教的？」

「她也不會！是她走了之後，我自己慢慢摸索著學的。」

他說，那時，他結識了出身幹校的軍官谷治心。谷治心是一位用「南湘野叟」為筆名寫武俠小說的作家，也不嫌棄他的位階低下與他結交，成為朋友。谷治心很喜歡做菜，在谷治心下廚時，他就常自告奮勇地「打下手」，順便「偷師」，再自己慢慢摸索著做。

另一方面，他急著學做菜，也是為了兒子；太太走了，兒子還小，他無法，也沒時間照顧，只能送他去「華興」住校。但每逢假日，總想著要帶點菜去看看兒子，給他吃點好的。也就是這樣的慈父心懷，才讓他「練」出了一手好「廚藝」。

我問他，「牛肉麵」是跟誰學的？他笑著說：

「那可是我自創、獨門的『張家牛肉麵』！」

周夢蝶指定料理：張拓蕪牛肉麵

說起「張家牛肉麵」的起源，還得歸功於周夢蝶的「逼功」！早年，他有五位好朋友：周夢蝶、楊仲揆、錢守義、尹崗、臧釗運，時常相約聚會。有一次，他們說要到他家吃飯。他問：想吃什麼？周夢蝶馬上斬釘截鐵地「指定」：

「牛肉麵！」

大家都知道，「牛肉麵」是周夢蝶的「最愛」。他為了不想讓這位「老哥」失望，就在家裡一次次的試做。直到覺得「拿得出手」了，才請他們來吃。從此，「張拓蕪牛肉麵」聲名大噪。他請過許多文友到他家裡吃過牛肉麵，當他們問起做法，他也毫不「藏私」，傾囊相授，甚至還「栽培」出一位足以「以假亂真」的「高徒」！

有一次，有位跟他和周夢蝶都熟的楊越麗女士，正好賺了一筆外快，就高高興興的請他們到「亞都麗緻」的「敘香園」吃大餐。不料，點的幾道菜，一向吃菜很「挑」的周夢蝶都不愛吃，甚至連她點的高檔「排翅」都沒肯吃一口。結果，她點了七千五百元的一桌菜，周夢蝶卻只吃了一小碗的雪菜麵。楊小姐深感抱歉，一再道歉，周夢蝶倒安慰她：

「麵還不錯。」

背後卻跟張拓蕪唸叨：

「我肚子好餓！越餓就越想你的牛肉麵！」

第二天中午，張拓蕪果真送了牛肉麵去。周夢蝶一見，笑逐顏開，當即就放懷大快朵頤，連聲讚美：

「你一早燒的？肉又軟又爛，入口即化。知道我想吃你做的牛肉麵，就送了來，真不愧知音！感謝！感謝！」

他卻說：

「你不要謝我，你的『知音』也不是我。我不能掠人之美；這牛肉麵不是我做的！」

周夢蝶大驚：

「明明就是你『張家牛肉麵』的味道，怎麼說不是你做的？那是誰做的？」

「是你的『粉絲』，昨天讓你餓著肚子回家的楊小姐呀！我還沾了你的光，也得了一份呢！」

原來楊小姐也曾吃過張拓蕪做的牛肉麵，並細細地問過做法。因

周夢蝶一見，笑逐顏開，

當即就放懷大快朵頤，連聲讚美。

為對周夢蝶前一晚沒吃飽深覺抱歉，第二天一早她就買了材料，照著張拓蕪的做法，趕在中午前燒好，送了兩份到張拓蕪家。說明：一份送他，一份請他快快送去給周公，以此賠禮道歉！他也沒想到楊小姐還真是用心，學得「到位」！連嘴那麼「刁」的周夢蝶都沒吃出來！

雖然講起「牛肉麵」來眉飛色舞，但他認為：

「都說我的『牛肉麵』好，其實呀，我的『東坡肉』才真叫好呢！」

看來，我們還可以期待下一回合的「張拓蕪東坡肉」呢！

「張拓蕪牛肉麵」的精髓：

1. 將牛肉與料炒入味。
2. 加入獨門豆瓣醬：這豆瓣醬可是一位年過七旬的大姐所做的呢，不死鹹還帶點甜。
3. 將提味過的牛肉放進大鍋裡烹煮慢燉數小時。

讓周夢蝶大呼過癮的牛肉湯底就出爐了！

思念，從這道說起：

蛤蜊獅子頭

作者

古月

本名胡玉衡。美麗的女詩人，浪漫、感性，先生為知名藝術家李錫奇。她的詩呈現了生活中的花開與花落，柔美有情，她自己曾形容「寫詩就像是在作夢」，用情與夢編織內心的情懷。

我是一九四四年農曆十一月中，生在湖南衡山一個小村莊，那裡也是外婆家我母親的出生地。母親從小聰慧美麗（小姨媽後來說及），是村子裡唯一進城住宿念中學的女孩。初中畢業不久，被外地駐守部隊的一位年輕英俊的軍官瞥見，與長官至村長家央求作媒。那是個兵荒馬亂的時代，年齡未滿十七歲的母親就此定了終身。我出世不久，眷屬隨著父親部隊調防移動，四處奔波。不知是抗日還是內亂？那年那日，母親懷著身孕摟著我在後座，父親與駕駛兵在前座的吉普車，在雨雪交加四野茫茫的山道上，突然拋錨了。父親與駕駛兵冒著風寒雪雨修車，深夜中找到一戶農家，行旅中父親無法換乾服，就著一盆火從頭到腳將濕淋淋的一身烤乾，以致濕氣纏身浮腫，終而一病不起。

母親懷著即將臨盆的遺腹子，帶著我投靠遠在重慶的小叔，據說叔父的軍階比父親還高。他悲痛難過親切地安頓我們母女，豈料嬸嬸與他岳母擔心我們孤兒寡母成為他們的負擔，故意在人前背後風言風語。母親雖然年輕卻是有傲

骨的，即刻搬出小叔家租房而居。一待腹兒出生滿月，就攜帶兩個幼小，千里迢迢去追靠父親的部隊，年方二十左右的母親，在人生地不熟的他鄉，搏不過命運，帶著兩個嗷嗷待哺的孩子，終於接受父親同事的求婚，之後並從老家接出她的小妹我的細姨媽，隨著部隊到了台灣。

隨著歲月迭增，除了我和大弟，在台灣兩個妹妹及兩個弟弟相繼而生。在那個普遍生活艱苦的年代，九口之家（幾年後細姨媽婚嫁另結家庭）食指浩繁，母親縮衣節食仍不敷開銷，就以從小跟外婆學習的一手針線活，不但裁製了我們的衣服，腳上也穿著她做的布鞋。記得還是剛上小二的那時，借住在台中大雅鄉街上一戶民宅，屋後有條泉溪，隔巷是個戲院，每隔十來天會有不同的歌仔戲班子換防駐唱。透早戲班子的婦女會在這條小溪洗滌衣物，我常趴在窗口觀看，熟悉後跟到後台看戲。不會說閩南語的母親不知怎麼竟然跟她們搭上話，戲班的旦角就與母親訂製巧手精緻戲用的繡花鞋，口碑相傳下訂

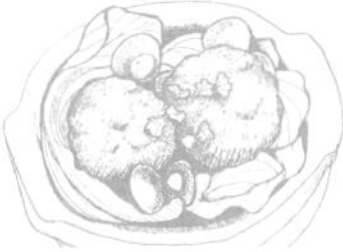

她製作的豆腐乳、水豆豉也是鄰居親友爭相索取，
年節思鄉應景抒解的一種情懷。

的人不少，但看母親先得依照尺寸以層層白棉布一針一線縫打厚厚的鞋底，再將黑、藍、紅、綠不等的絲緞繡各種花色的鞋面上，很費時費工。但是每月三、五雙的繡花鞋所得，也能為粗茶淡飯增添不少滋潤的油光。

虧得母親生就的一雙巧手，年關醃製的臘肉香腸從不缺少。她製作的豆腐乳、水豆豉也是鄰居親友爭相索取，年節思鄉應景抒解的一種情懷。看到她無論是臘味或腐乳、水豆豉繁雜費工又費時的製作過程，覺得非常麻煩，從小喜愛這些口味只要張口就有，竟然沒想過跟母親學習製作，甚感到遺憾。後來得知南門市場一家南北貨店可買到「昌坤」牌的豆腐乳及水豆豉。但這幾年聽說「昌坤」老工人逐漸凋零，年輕人不願學，忙不過來只生產豆腐乳，不再製作水豆豉了。

縱使少衣缺食，母親總在拮据的生活中，手織毛衣、剪裁衣物讓我們穿戴得體。耗盡心思用麵粉、雞蛋做麻花、酥餅，以黃豆和鮮筍製作筍豆乾等各樣零食。更在餐桌上變換不同口味的菜餚，便宜的紅

薯、南瓜佐上豆豉、辣椒薑蒜就是無窮美味。黃豆燜（爛）紅燒五花肉雖然肥肉多過瘦肉（價錢較便宜），我們總是珍惜著粒粒皆辛苦地吃得盤中無「剩」。最是盼望著年節的到來，母親會做些大菜上場。臘味合是少不了的，珍珠丸子、水豆豉扣肉、紅燒獅子頭都盛以砂鍋隆重登場，耳濡目染中雖少掌杓，心裡默然也隱藏埋下了日後烹調的基因吧？

我生性軟弱，卻愛憑著直覺行事，好作白日夢。兒時住家附近戲院的歌仔戲班，那多彩多姿的變幻、戲裡「忠孝節義」的潛化，長大後要唱歌仔戲是當時最大的心志。初一那年，各校發起建艦復仇運動，我刺破手尖寫血書後，到訓導處報名從軍，被以「年紀太小，拿的槍比你高，背的救護箱比你還重」的理由勸阻。高中後受感召念神學，發願奉獻己身拯救世人。「修行」四年回到現實，紅塵在望，幾度情生情滅後，方覺信心軟弱愛世俗太深，自身的結都解不開，又怎能去授業解惑呢？由於對文學的喜好，從此投入詩藝的大海裡浮沉迄今。

進入詩壇三年，得幸參加

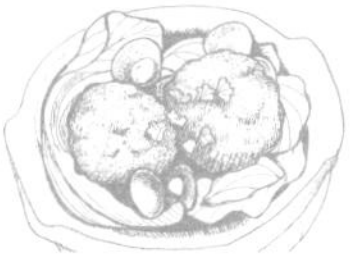

由藝術家詩人席德進、李錫奇、秦松、楚戈、商禽、辛鬱、林綠、沉甸（張拓蕪）等，於一九六七年五月共同發起的「第二屆現代藝術季」，邀請詩人、音樂家、舞蹈家及畫家，在耕莘文教院展出。因為詩結緣認識了李錫奇，並於同年八月二十六日結婚。

「第二屆現代藝術季」活動就像敲響了一面銅鑼，喚起了大眾的關注，川流不息的愛好者形成了一股熱流。那是個物質生活貧瘠的時代，卻也是個心靈追求渴慕的年代，掀起的反應彷若文藝復興再現。活動結束後意猶未盡，李錫奇在他服務的新莊國小專用美術教室，又辦了「藝術季外一章」的慶功宴，那天是我們的正式交往。

李錫奇，我曾這麼寫過：「以藝術第一，女兒至上，太太次之的這麼一個人，將與我生活一輩子。」他愛朋友，朋友是他生命中不可缺少的一環。我們沒錢去度蜜月，待在家裡半個月不到，他說我不能讓朋友覺得有了老婆就不要朋友了，因此請了十幾位朋友到板橋我們租賃的「陋室」。那是我第一次獨當一面掌廚，

這些年復一年持之以恆的活兒，
唯有愛的秉持才能甘之若飴。

煮那麼多人的飯菜，經驗不足以致飯煮少了，蹄膀燒得不夠爛，高粱酒倒是讓他們喝個夠。從結婚那年開始，每個年初一宴請詩人作家，年初三是畫家朋友，都由我操刀。年初一商禽、楚戈、辛鬱會先與錫奇來場方城之戰。直到商禽、楚戈、辛鬱、尉天驄相繼過世後，文人的餐敘才歇止。畫家生力軍卻不斷增加，好在五十年前搬到台北國父紀念館附近較寬敞的房子。錫奇於二〇一九年三月辭世，以他喜歡熱鬧的個性，是年仍維持慣例，朋友一同舉杯敬他，也是聊表他一生對藝術的熱愛仍沿續傳承下去。

當年大家都窮，但窮有窮開心。錫奇三不五時地會召朋呼友來家小酌，煮個紅燒肉、煎條魚、幾道辣椒小菜即可。年節就不能怠慢，我總是拿枝筆絞盡腦汁地擬菜單。臘肉香腸有娘媽供應，扣肉、粉蒸肉、獅子頭等大菜，以前只在旁看母親做，最多只是個遞碗盤的下手，如今憑著口頭傳授親自操刀就是個手忙腳亂，好在朋友們喝得盡興也不曾挑剔口感。每念及端出一砂鍋香氣撲鼻的獅子頭，在一片讚嘆聲

中笑容掩蓋了疲累，看朋友吃得開心也忘了累。

經驗的累積是經由不斷地嘗試改進。獅子頭的用肉，是挑梅花肉以三肥七瘦的比例（以三斤肉約可做成四十個），用手工剁碎，新鮮去外皮的荸薺拍碎剁細丁加上蔥薑末，一顆生雞蛋、胡椒粉、一大勺香麻油、二匙醬油、一匙米酒、二小匙鹽、二小匙糖，以及二湯匙太白粉，小半碗冷水，順時鐘拌和後覆上保鮮膜放入冰箱讓肉醒一至二小時。取出後以握掌的大小將肉左右手拋摔三十下，使肉凝結成圓形，再滾上一層薄太白粉，入鍋油炸呈金褐色，撈出等涼後可分袋放入冷凍櫃隨時備用。

烹調時視人數可多二至三粒。油鍋些許油放入冰糖、薑片、蔥長段及切成長方塊肉皮（先經水煮過刮乾淨，切成小塊），加上醬油成泡沫狀即放入獅子頭滾動沾色，再噴些酒（我都加高粱酒）稍燜一下，再加水淹至肉上，大火滾後轉小火一個小時，看豬肉皮已爛，冬天可放切成二寸長芥菜心、鹽適量，再中火（注意湯汁，不夠可加些沸開水）燜煮二十分鐘左右，加入中型吐沙

這些年復一年持之以恆的活兒，
唯有愛的秉持才能甘之若飴。

蛤蜊再煮十分鐘，就可將加熱的砂鍋置於火爐上，以菜心墊底倒入獅子頭蛤蜊，冒著滾滾的熱氣上桌後才掀蓋。獅子頭加豬肉皮可增加湯汁的濃稠。母親當年常用雞腳一起燉燒，油而不膩，我們總是吃得津津有味。

冬天年後，比冬筍大些帶褐殼的毛筍我管它叫「春筍」，味道跟冬筍差不多，約四、五十元一斤，價錢卻差好幾倍。（只有冬筍及初春的毛冬筍熟後可放冷凍冰櫃，其他筍不行。）我一次買個十幾斤，剝殼對半切後分批以電鍋蒸透，分裝包妥放冰櫃，需要時拿出一包煮入獅子頭內。或是冬來入春的皇帝豆，也是八斤、十斤地買來，汆燙後冷水沖涼，分袋入冰櫃。用時入獅子頭、紅燒肉都是極佳美味。

廚房可說是捆住女人半生之地，也是彰顯愛的地方。用舌尖味蕾，當食物經牙齒咬開，香氣在口腔化開，滋味慢慢滑入喉嚨，那種綿密的幸福感就是媽媽從小予我的味道。婚後繫上圍裙已是日常的作業，爐火熾熱的烘烤，鍋碗瓢盆的交響，耳畔轟轟的抽風機聲響，酸甜苦辣雜陳的嗆鼻刺

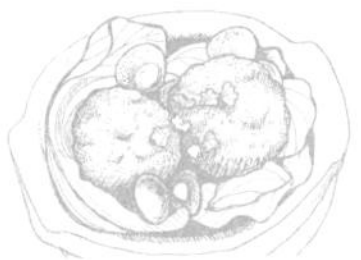

激著淚腺，仿若人間雜陳的五味。一頓飽食後杯盤狼藉似殘花敗柳落滿餐桌，收拾善後的工作更加勞累。這些年復一年持之以恆的活兒，唯有愛的秉持才能甘之若飴。那就是「媽媽的味道」！

相對母親那個年代，是柴米油鹽醬醋茶缺乏的艱困年代，她以雙手擔負起家計，使兒女們都飯來張口、茶來張手。如今一切現代化的改進，各種餐館速食充沛，也是只要動動手指、走走路，到處都可解決五臟所需，縱使我們口味更刁、更講求精緻，只不知食來——可有媽媽的味道？

古月老師的獅子頭，是紀州庵風格茶館的熱門餐點，到底是怎麼做的呢？

・首先將蔥、薑、調味料放進炒鍋炒起來。

・接著倒滿水，讓獅子頭吸水吸得飽～飽的。

・燉煮一小時多讓水變濃稠後，加入大頭菜、蛤蜊。

最後完美的獅子頭料理就出爐了！

魔幻料理：紅麴燒肉

作者

方梓

本名林麗貞。花蓮人，文化大學大眾傳播系畢業，東華大學創作與英美文學研究所碩士。曾任消基會《消費者報導》雜誌總編輯、全國文化總會學術研究組企畫、《自由時報·自由副刊》副主編、總統府專門委員，以及大學兼任講師。著有《人生金言》、《他們為什麼成功》、《傑出女性的宗教觀》、《第四個房間》、《采采卷耳》、《來去花蓮港》、《野有蔓草：野菜書寫》、《時間之門》、《誰是葛里歐》等。

二樓以前爸媽睡的房間放著母親的遺照。

「阿祖，女的阿祖，我的媽媽。」我跟孫女說。

「她去哪裡了？」孫女盯著照片。

「走了，死了。生病走了。」孫女三歲半已懂得什麼是走了死了。

「為什麼生病？」孫女二歲時母親過世，她沒印象了。

「不小心生病了。」我無法解釋母親生病十年的狀況。

「阿祖很像阿媽。」孫女看著照片再看我。

「很像嗎？」我問孫女，她用力點頭。

有時我經過梳妝台猛一看鏡子，好像看到母親的神情。我長得像父親，這幾年某時某些神情像母親。這幾十年，在廚房做菜的方式也越來越像母親；我幾乎複製了母親做菜時的兩個模式，一是有充分時間準備，一是匆忙急迫的下鍋料理。這兩種模式都是母親七十歲前的日常。

從年輕到五、六十歲，母親跟父親務農、加工大理石生意，母親經常是忙碌的，像影帶快速前進，尤其料理三餐時，母親在灶台邊一邊洗切蔬菜一邊翻炒，還要快速的洗鍋子，和我在電親上看到傅培梅

離家之前，只有一次
看到母親像傅培梅那樣優雅的備菜。

做菜的方式完全不一樣，母親根本沒有時間「準備」，總是洗洗洗、剁剁剁就丟進鍋裡。在高中畢業離家之前，只有一次看到母親像傅培梅那樣「優雅的備菜」。

我國中二年級，有一天下課回到家裡，廚房灶台上一盤盤等著下鍋的青菜，像準備上台表演的舞者；原來，父親下午載著蔬菜去蔬果合作社，母親終於有閒暇可以提前準備晚餐，才剛洗切好蔬菜，就有人來通知父親車禍，母親匆忙趕赴醫院。看著這一盤盤洗切好的食材，我想的不是父親在醫院的情況，而是母親也有像傅培梅般的優雅時候。

不工作後的母親仍然要幫忙帶孫女、做家事，卻是早早準備午晚餐，流理台上總是整整齊齊的擺著一盤盤一碟碟等著入鍋的魚肉、蔬菜，灶上有時還燉著肉。這是母親退休後的做飯模式，優雅不忙亂。

她說是看電視做菜節目學的。

那時我卻是個忙碌的職業婦女，終於能體會母親年輕時火急火燎的在灶台邊的情況。朝九晚五上班族，下班得接幼稚園的女兒，還要費心思想晚餐吃什麼，總不能天天外食，當時根本沒有外送，晚餐多

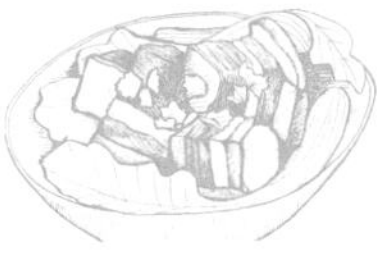

半要「煮」婦張羅。我每天都希望有個水缸養一個螺女，最好是撿到阿拉丁神燈直接變出晚餐。深夜，我喜歡看「如何在三、五分鐘做一道菜」的節目重播，抄了許許多多的筆記，抄了好幾本筆記卻只做過一、二次，也有因為快速抄寫致字跡潦草到連自己都看不懂。再怎麼快還是要煎炒燉煮，還是得守在爐邊，無法一身（心）好幾用。其實也可以用壓力鍋，十來分鐘燉一鍋肉，確實省時省事，但看了改編自小說家黃春明〈小琪的帽子〉電影，壓力鍋蓋飛射傷人生死未卜的畫面，我完全打消了使用壓力鍋的勇氣。

我常想如果能有一種鍋，一邊做菜一邊寫稿、打掃拖地，安全又可以同時做兩件事，就像把衣服丟進洗衣機一樣——一指搞定。

電子鍋煮飯開始流行時，我在報社上班，下午才上班，中午稍有充裕的時間預做晚餐；收起大同電鍋時突然想到：不能煮飯總可以燉肉吧。初始，我用電鍋滷紅燒肉、燉全雞（內鍋只放雞不加水，外鍋加三、四杯水），後來蒸魚、蒸蛋，有時蒸、滷一起，還學會炊飯、煲飯，一鍋搞定簡單版的飯菜。下午出門前把菜、肉都煮好，女兒放學、先生下班回到家，電鍋有肉，只要洗米煮飯、青菜微波即可。

紅麴燒肉便是其中一道電鍋菜。那時開始講究「養生」，紅麴忽然被提起。紅麴用最多大概是福州菜餚，尤其是紅糟肉。我沒時間也沒能力做紅糟肉，有個料理節目教紅麴燒肉，於是我從灶爐上轉入電鍋裡，在紅燒肉中加點紅麴，燉滷的蘿蔔、油豆腐改為馬鈴薯。這也是一道電鍋懶人菜餚，五花肉切塊（不喜歡肥的可以用梅花肉）汆燙，馬鈴薯削皮切塊，蔥段、薑片、一點米酒、一點醬油、鹽、一大匙紅麴，所有食材處理好，一古腦往電鍋裡放，再加些水，至於軟爛喜好就看外鍋放幾杯水。這種懶人（應該說是忙人）料理和費心守在鍋爐邊燉煮，在美味上當然有一點差別，但在營養上應該不相上下。

在市場認識的賣黑毛豬肉的老闆娘，也販售紅麴醃豬肉（紅糟肉），她說紅麴是自家釀酒的酒糟做的，她賣的紅糟肉煎炸後確實香酥好吃，我向她買一些紅麴，她特別叮囑一定要放冷凍庫。用她的紅麴燒黑毛豬五花肉，確實比在超市買的紅麴罐頭和豬肉好吃很多。可惜不到兩年，她因健康問題不再賣豬肉和紅麴，我也逐漸減少燉紅麴燒肉。

這十年半退休狀態，有較多空閒時間，我仿若母親的身影，總是

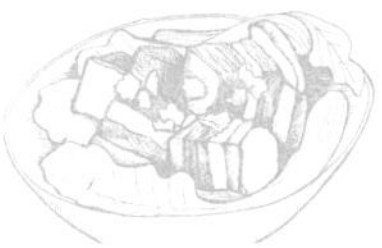

紅麴燒肉總是讓我想起魔幻傳說，

彷若螺女、阿拉丁神燈緩解了我那陀螺般的日子。

下午三、四點便在廚房移動，將所有的食材洗洗切切，一一放在備盤中，晚膳時間將到，食材依序入鍋不慌不忙。湯或要長時間燉煮的則早已在鍋上滷著，因為時間多，也想觀察食材在鍋中的狀態，很少再用電鍋燉肉，大都回到爐灶上小火慢燉，除了燉全雞。

其實，答應紀州庵的作家私房菜，紅麴燒肉並非我的第一選擇，那時我開始書寫野菜，野菜烹調理當是我的最愛，然而野菜最好的收成都在冬春季，尤其是我想推的麵包果，阿美族野菜的最佳代表，可惜產果期只有六、七月，短短兩個月無法長期供應。

我也想過婆婆的筍乾燒肉，那是每年農曆年回婆家全家都愛的年菜；筍乾是婆婆的土產店賣的，南投特產之一，麻竹筍或冬筍（冬筍價高，做成筍乾簡直是天價）剖半曬乾呈略棕褐色，泡水十來個小時（一晚），換水幾次，切小塊和五花肉滷燉三個多小時，其中特有風味的祕訣是加醃筍，醃筍和筍乾不同，是浸泡在醃汁裡的像冬瓜綿。婆家年夜飯，我掌廚了二十多年，筍乾燒肉做得比婆婆還要道地。婆婆結束土產店生意後，離開溪頭搬到台中居住，幾年後離世。因費時費工，訂筍乾也非易事，筍乾燒肉成了絕響。

　　最後，選擇了絕不會有地雷的紅麴燒肉，取材容易，料理方式簡單省事，又十分下飯，而且品質保證。

　　回看那兵荒馬亂的歲月，人事物匆匆消逝，只有做菜身影依舊。回想母親總會想起幾道母親的拿手菜，那些料理總有母親的叮嚀要注意的事項；有些菜餚沾附了一些故事，讓人想起那些美或不美好的日子。紅麴燒肉總是讓我想起魔幻傳說，仿若螺女、阿拉丁神燈緩解了我那陀螺般的日子，對我而言，它可以說是魔幻料理。

這道紅麴燒肉的精髓乃在於「自然」與「自在」。

- 紅麴獨特的酒香和清甜，將豬肉襯得平衡。
- 配菜則是野菜馬齒莧，搭配時令蔬菜、天然醬料，

色香味俱全，是令人垂涎三尺的家常菜。

味蕾是一座神祕的城：

我和仙草雞

作者　**羅思容**

寫詩、畫畫、詞曲唱作者，並曾是編輯、特殊教育工作者。苗栗市人，三十多年前開始定居新北市新店。二〇〇二年正式發表歌曲，首張專輯《每日》即入圍二〇〇八年金曲獎最具潛力新人獎，之後與「孤毛頭樂團」繼續推出《攬花去》（二〇一一）、《多一個》（二〇一五）、《落腳》（二〇一八）與《今本日係馬》（二〇二一）等專輯，並參與二十一張合輯，榮獲金曲獎、金音獎。創作歌曲以客語為主，兼具華語、閩南語。詩作發表於《現代詩》、《台灣文學季刊》、《笠詩刊》、《雙子星詩刊》、香港《呼吸詩刊》、《人間副刊》等，並曾於《中時晚報》、《幼獅文藝》專欄寫作。

〈味蕾是一座神祕的城〉

味蕾是一座神祕的城
食物是通關密碼
生鮮的、曝曬或醃漬的
從舌尖到咽喉之間
酸甜苦辣鹹說有多深就有多深
胃囊測度著人情的距離
料理的雕刻師
雕鑿時光的迴圈

——羅思容

客家飲食密碼

很久以前，人們就認為烹調飲食，可以直接反映出族群的生活方式，習俗、風情及精神內涵。每個族群因著不同地理環境和生存方式，形構出獨特的飲食世界觀和味覺文化，就像一座獨特的味蕾之城，居家日常的烹調飲食，便是進入族群文化的通關密碼。

傳統的客家是山居民系，客家人被稱為山的子民，多住在丘陵山區。絕大部分的客家人，山居生活一切自給自足，在消費物資取得不易的年代，每樣食材，女人家都得要精打細算。事實上，食材原料在很大程度上決定了飲食的結構，對於客家人的日常，美味不是

居家日常的烹調飲食，
便是進入族群文化的通關密碼。

廚藝的唯一考量，該如何保存食物不致腐壞，又能讓食物不被快速消耗，是客家婦女最費心思量的；因此客家傳統食材的曝製和醃漬文化，可以說是客家女人在對應生存的飲食策略，也呈現客家族群在地、儉樸、真味的烹調取向。

例如為了因應日常食材的保存與多元利用，客家女人發展出高超的醃漬手藝，將盛產的蔬菜以鹽滷、曝曬、壓榨等方式儲存，像鹹菜、覆菜（又稱福菜）、梅乾菜就是芥菜的三種醃漬品；又像蘿蔔製品，就有蘿蔔乾、蘿蔔絲、蘿蔔錢；還有高麗菜乾、長（菜）豆乾、花菜乾，這些家常美食可說是越陳越甘、越老風味越濃郁。

叔公家的農園

還記得有個叔公，住在苗栗北寮鄉間，叔公家就像一座完整的農園，種稻種菜種茶種果，牛羊豬、雞鴨鵝也養不少，屋前崁下還有一口塘，塘裡有鰱魚草魚鯉魚烏鰡。每年農曆過年期間，爸媽就會帶著我們兄妹三人坐上巴士，一路是顛簸的山路，北寮站下車之後還要盤山而行一小段山路，

經過一座茶亭，喝過奉茶的甘露茶水後，就可以一口氣走到叔公家了。

我們平日極少吃到的鵝肉、紅燒烏鰡，甚至九蒸九曬的酸柑茶，都是在叔公家見識到的客家飲食。傍晚要回家時，叔婆和叔母更是大包小包的等路——各類的山珍野味和蔬果，甚至一定會煠好一隻全雞讓我們帶回家，而仙草乾更是其中的一樣祕寶。

消暑的仙草茶

每年夏天一到，為了預防家人難耐炎熱中暑，三天兩頭家裡就會飄著仙草茶的味道。只見母親在櫥櫃取出一大把黑褐色的仙草乾，將一株一株的仙草乾敲去根部殘留的碎土，沖洗乾淨後，放進一個燒洗澡水的大鍋裡熬煮。一杯仙草茶看似簡單，得要慢火熬煮三小時，煮好之後，母親把仙草乾撈起來並置入黑糖，整個屋子霎時盡是濃濃的仙草味，喝上一杯，彷彿是修仙般，暑氣與煩躁盡消。

其實剛煮好的仙草略帶苦味，所以一定要加糖。母親也試過用冰糖或二砂，甜度都比黑糖還要高，當然就小孩子的

口感而言，冰糖是更加討好。冰糖也是家中必備的調味聖品，尤其是家人感冒咳嗽時，媽媽就會用桔餅燉雞蛋並且加幾顆冰糖，這道四季感冒飲品有補中益氣、潤肺止咳的功效。

黑糖確實比較香，它能讓仙草茶的茶味更加濃郁，平常嘴饞時，我們這些小孩就會撿幾塊黑糖解饞。還有平日煮番薯湯，黑糖也是必用品。就我個人的烹飪習慣，不管是煮紅豆湯、綠豆湯、芋頭湯，除了加入冰糖之外，我總會再加上兩匙黑糖，讓風味和營養加分，尤其做紅燒魚和滷肉時，置入黑糖是我的祕密武器。

意外的仙草全雞

還記得曾有一回，北寮的叔叔下午來家裡，除了滿載自種的蔬果之外，還帶了一隻雞，在沒有冰箱的年代，雞肉必須即刻處理，叔叔說煮仙草雞也很好吃，於是母親二話不說，將仙草乾洗淨，和全雞一起置入鍋裡文火慢慢燉煮。沒想到雞肉的甜味和仙草的風味，竟融合成一股非常誘人心神的鮮甜滋味，我不時地跑去掀鍋，問媽媽什麼時候可以煮

好，尤其是烏金的湯色，淺淺浮著一層金亮的油，真是令人垂涎三尺啊！媽媽試喝時，我已經迫不及待也喝上一口，哇！真是好吃，一點都不油膩而且獨特的香潤味道，令人畢生難忘。

兩、三小時的慢火熬煮，雞肉早已軟爛，那晚我們「十」指大動，邊喝著濃郁的湯汁，邊撕著黑色的雞肉，我和二哥開心地吃著兩根雞腿，只有大哥說他不喜歡黑黑的肉，他不想吃，他只喜歡白斬雞。後來進入到有冰箱的年代，仙草燉全雞的奢華已經不再出現，節儉的母親，除了過年過節之外，雞肉都是剁成一塊一塊地慢慢煮慢慢吃。

胃囊測度人情距離

忙碌的現代生活，越來越多人注重餐飲的新鮮以及營養素，近年來專家建議大家多上傳統市場，或直接訂購在地小農的食材，以避免像超市食物被長途運送過程，大量塑化保鮮膜所產生不必要的浪費和污染。但是，COVID-19疫情期間，Uber Eats還有Foodpanda日益盛行，直接上網點食，還送到府上，省去諸多烹飪的煩

惱。自己採買和煮食，反而漸漸成為當代人日常的奢華。

說是胃囊測度著人情的距離，都會的食物從種植來源、種植方式，甚至大量的冷凍食品、再製品使食物失去人的情味。那道用叔公家養的土雞、仙草乾、母親那天的隨興仙草全雞和我歷經三小時的等待，那一晚的仙草雞成為我胃囊裡不可取代的飲食記憶。

傳說中仙草之名說是仙人所賜，仙草曬成乾、熬成茶之後，不僅消暑解渴，一飲即回復元氣。傳統市場賣的仙草塊，我們客家人稱為仙人粄，雖然不是米食製作的，可是就像菜頭粄、甜粄一樣被切得一大塊似粄，也可見仙草和客家人的飲食距離有著一種日常的親切的飽足感。小時候對仙草特別喜愛，總覺得吃過就可以成仙。

向飲食致最敬禮

成家之後，我的仙草雞，既沒有全雞也不是整株的仙草乾熬煮三小時，在方便之餘，我選用關西農會出品的即溶仙草粉，一小包就可以煮成一千CC的仙草茶，如果要做仙草凍就可以置入馬鈴

雞肉的甜味和仙草的風味，

竟融合成一股非常誘人的鮮甜滋味。

薯澱粉結凍，燒仙草也是如法製作。仙草雞或仙草排骨可以依個人口味，酌量加入紅棗、枸杞或蔘絲。

進入更年期之後，經常盜汗、體力下滑、身體的津液不足，為了預防缺鐵性貧血、調控血壓、提升免疫力、養血安神，中醫師要我多吃龍眼乾，因此煮仙草雞時，我靈機一動特別加入龍眼乾，卻意外發現龍眼乾獨特的香和甜，對仙草雞起了畫龍點睛的作用，它們讓仙草和雞肉更加地融合在一起，使整個風味爽口又滋補，男女老少，四季皆宜。因為龍眼乾能增強記憶、消除疲勞，小孩夜尿，龍眼乾也是良方。

其實每個人的長成過程，都有屬於自己的一座味蕾之城。我以為向飲食致敬的最敬禮，便是繼續記憶它、烹食它，從舌尖到咽喉之間，繼續像料理的雕刻師一樣，雕鑿一個一個獨特的時光迴圈。

羅思容的仙草雞，使用龍眼乾、紅棗、以及仙草汁，香醇的味道在湯中散發，加上滷得入味的雞腿，吃進了美味，更嚐到客家的文化底蘊。

被客家文化昇華的美食：

客家粄圓與東方美人茶

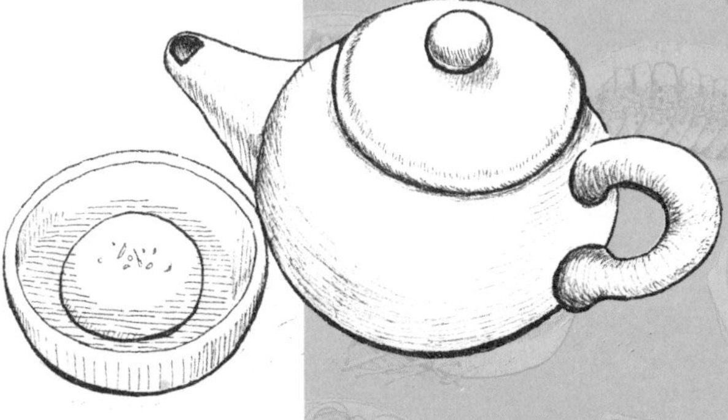

作者　**吳德亮**

兼具作家、詩人、畫家、攝影家、茶藝家、資深媒體人等多重身分，中興大學法律系畢業，至今已出版著作四十餘本（含兩岸繁／簡體版茶文化暢銷大書十五本）。曾獲全國優秀青年詩人獎、中國時報文學獎、台灣茶協會傑出茶藝文化獎等。曾任新聞周刊總編輯、《自由時報》主編；《新新聞》、《新觀念》、《時報周刊》、《人間福報》、《獨家報導》與中國大陸《茶道》、《茶葉中國》等專欄作家。現為兩岸各大報刊專欄作家、北京大學《中華茶通典》學術暨編纂委員、《中華茶器具通鑑》編撰委員暨三卷主編。

常見的客家美食不少，如客家小炒、客家粄條、薑絲炒大腸、豬籠粄等。不過對於親友普遍認證為「廚房白癡」的我來說，儘管對全台各地客家美食如數家珍，特別之處更可娓娓道來，但若要論其做法則毫無概念，更遑論還有自己的「私房菜」了。

儘管我對做菜全然外行，但說起茶來，無論各款茶樹品種、採收及萎凋時間、揉捻次數、發酵或焙火程度，乃至瀹茶時的茶器選擇、置茶量與出湯多寡等，至少可以稱得上「專家」吧？尤其是客家茶，源於客家人愛物惜物所創造的東方美人茶早已名聞遐邇，甚至早在日據時期就紅到英國；至於近年方興未艾的客家酸柑茶，在市場上更是銳不可擋。多年前我還應新北客家事務局之邀寫出橫跨兩岸的圖文並茂《客鄉找茶》一書，至今仍作為官方重要的參考。

而近年茶文化在兩岸蔚為風氣，強調「以茶入饌」的餐廳也紛紛出現，不過卻非直接將茶葉置於菜餚之上的單純點綴，而是將每一道茶品的風味，透過不斷的嘗試，將茶葉的滋味完全融入美食內的細微處理，原料且涵蓋六大茶類：包括綠茶類的龍井、青茶類的凍頂烏龍與包種、白茶類的白牡丹、黑茶類的普洱、紅茶類的滇紅等。根據茶

締造天價的主角並非什麼金枝玉葉，
而是原本被視為茶樹害蟲的「小綠葉蟬」。

的特性與適當的食材，透過不同的烹調方式，讓兩者各領風騷、相互輝映。如龍井蝦仁、佛手熏魚、包種燒鮮魚、紅茶玉串、普洱東坡肉、烏龍椒麻雞等，沁入茶香後標榜不油不膩，飽足的感覺也讓體內毫無負擔，因此也逐漸受到消費者的青睞。

時光倒回至西元一九四一年，日軍偷襲珍珠港震驚了全世界，這是大家早已熟知的事實。但同年在台灣，每千斤的稻穀價格不過九十日圓，而來自新竹北埔、峨眉兩地的頂級東方美人茶每台斤價格卻高達一千日圓，同樣震驚了當時日本殖民統治下的台灣社會。

令人驚異的是：締造天價的主角並非什麼金枝玉葉，而是原本被視為茶樹害蟲的「小綠葉蟬」——看過八〇年代末期賺人熱淚的電影《魯冰花》嗎？美術老師為了讓小主角古阿明（黃坤玄飾）參加繪畫比賽，不惜帶領全班小朋友到古家茶園幫忙抓茶蟲，卻換來鄉長（陳松勇飾）的譏笑：「茶蟲不噴灑農藥，怎麼抓得完呢？」一場景中披著青綠舞衣跳躍的茶蟲，正是文學者老鍾肇政原著中所描繪的「那是青色的小蟲兒，小得還不夠教一隻小雛雞需要仰起脖子眨著眼兒才吞得下，而本領卻著實厲害，厲害得足夠教一個壯健的農人頓足捶胸、束

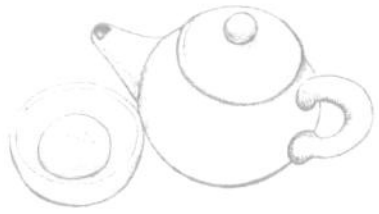

手無策」。

沒錯，俗稱「浮塵子」的小綠葉蟬，曾是台灣茶農的心頭大恨，每年芒種後就會大量出沒茶園，專門吸食茶樹嫩葉的汁液。禁不起牠的深深一吻，茶葉就會像被吸血鬼搾乾的軀殼，茶芽變黃蜷縮、葉形捲曲變硬，任誰也看不上眼，因此當年多半被茶農無奈地棄置。不過節儉勤樸的客家先民卻不甘於丟棄，還將發育不全的茶芽與茶葉，以重萎凋、重攪拌以及高達六十五%以上的重發酵手法，製成了五色繽紛的茶葉，意外地在日據時代的台灣博覽會上，受到總督府官員的青睞而賣出前所未有的天價，並在捧著大把鈔票返回新竹時，讓難以置信的鄉親們斥為「膨風」，成了最早得名為「膨風茶」的傳奇。

醉人的蜂蜜香與熟果香，讓原本毫無賣相的茶葉鹹魚翻生，更在英國皇室造成旋風，五色繽紛的茶葉在水晶杯中如美人般的曼妙舞姿，讓驚豔的英國皇室讚嘆為「東方美人」，成為清末迄今所向披靡的最貴茶品。而在台灣茶以Formosa Oolong Tea之名席捲歐美之際，還一度成了「福爾摩沙烏龍茶」的代名詞。在一八九六年日據初期總產值高達五百八十六萬餘日圓，占當年台灣全年歲入預算的六成，風

靡的程度可見一斑。

其實早在童年時，常見祖父吃完飯，就將殘留些許菜屑的飯碗倒入滿滿的濃茶，然後滿足地喝上一大碗，冷熱不拘，但味道甚「釅」，祖父笑說那叫做「茶米茶」。茶湯係以馬口鐵製大茶壺在爐灶上以柴火煮出，記憶中他曾告訴我，每餐飯後來上一大碗，不僅可以將碗內的油漬清洗乾淨，還可延年益壽。讓好奇的我也有樣學樣，儘管只是農忙時提供插秧或割稻農工解渴的廉價茶飲，濃郁稍苦的茶湯下肚，停留在唇齒之間的茶香，卻也讓幼年的我第一次與茶結緣。後來祖父果然健康活到近九十歲，足證他所言不虛。儘管長大後回憶，當時的茶品應該只是附近柑仔店秤兩售出的廉價烏龍茶甚至「茶角」，而絕非始終價昂的東方美人吧？

祖父務農，小時候每逢暑假就會被叫回花蓮吉安鄉下幫忙，負責放牛或餵雞，或提著裝滿點心的提籃送到田邊給農忙的大哥大姊補充體力，點心通常是稱做「粄圓」的一整鍋客家湯圓，有時是或紅或白的小湯圓，也有或甜（包芝麻餡）或鹹（包肉餡）的大湯圓，再搭配一大壺茶米茶，作為體力活的年輕農民在烈日下的飽足下午茶時光。

入口後熟果著涎的蜜香在舌尖輕轉舞動，
飽滿的風韻在喉頭直入丹田。

客家粄圓多以台灣米作為原料，取在來米、糯米及蓬萊米三者的特性，製作出的各種特色米食稱為「粄」。此外也有單純以糯米製成的「雪圓」，通常在家有喜事或冬至、元宵時歡喜上桌，且甜鹹皆宜。

因此多年前台北市「客家文化主題公園」曾副執行長希望我以「客家」為主軸，設計一道私房料理時，我立即想到客家粄圓與客家茶的結合。就在二〇一五年的最後一個週末午後，由客家文化主題公園與紀州庵文學森林共同主辦的「食物派詩人」跨界廚房，讓我帶大家體驗東方美人茶與客家湯圓結合的新口感。從客家「茶米茶」與農忙時大啖客家粄圓的童年記憶開場，談到東方美人茶與客家粄圓結合的「私房菜」靈感，至客家湯圓的特色及兩者結合的風味。接著再由真正的主廚新梅大姊帶領現場朋友們親手包芝麻湯圓，大家一起動手做。

當熱騰騰的湯圓端上桌，大家品嚐著自己DIY的皮薄餡多、豐富有料的客家大湯圓，吃完後直接將東方美人茶倒入碗內，大口品茶，也勾起許多朋友的童年「茶米茶」回憶，在我的兩幅茶票詩畫的陪伴下，除了滿足胃蕾與舌尖，更欣賞客家茶文化內涵，將美食昇華

為藝術。

二〇〇九年四月，我在尚未改制的台北縣客家園區策辦主持「兩岸客家茶文化學術論壇」，行政院農委會茶業改良場陳國任博士就明白指出：「膨風茶（即東方美人茶）香味最大特徵是具有一股幽長細膩的天然蜜香（或稱蜂蜜香），全世界目前僅知只有大吉嶺紅茶和膨風茶具有此種天然蜜香；大吉嶺紅茶號稱全世界最頂級之紅茶，素為英國王室喜愛，英國人尊稱為『香檳紅茶』，而膨風茶亦曾深受英國王室青睞，尊稱為『香檳烏龍』，前者是紅茶中之極品，後者則是烏龍茶中之極品。」

重要的是：東方美人茶迷人的蜜味香氣來自小綠葉蟬的叮咬，從人人喊殺的害蟲，搖身一變成了茶農求之唯恐不來的搖錢樹，因此大大減少了農藥的使用，堪稱台灣特有的生態茶，消費者可以安心品賞。只是小綠葉蟬在每年芒種至端午之間最為密集活躍，因此成就「美人」的代價，是無數客家婦女頂著酷暑的高溫豔陽，不斷揮汗以手工摘採所得；正如北埔出生的客家文學先賢龍瑛宗所描述的「太陽熊熊地燃燒，把一切聲響融化了」。尤其小綠葉蟬所吸食過的茶芽特別弱小，約僅一般茶芽的一半，採來特別費力，工時高達平常的兩倍，因此至今仍屬於「量少價昂」的尊貴茶品。

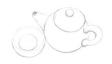

不過，東方美人茶桂冠的由來，坊間普遍的說法是：當年膨風茶飄洋過海至英國，由於外觀豔麗，沖泡後宛如絕色美人在杯中曼妙舞蹈，讓皇室貴族大感驚豔而賜名。因此今天當朋友們吃完粄圓，不僅可以端看五色繽紛的茶葉在壺中婆娑起舞，碗中茶湯也明顯呈現黃金琥珀色，入口後熟果著涎的蜜香在舌尖輕轉舞動，飽滿的風韻在喉頭直入丹田，更可感受兩者結合的手姿餘韻吧。

- 品嚐東方美人茶，觀察茶色由淡轉濃，心也跟著沉澱下來。
- 茶入口後飄出淡淡的果香和蜜香，那是小綠葉蟬的傑作。
- 搭配傳統芝麻湯圓，琥珀茶色把湯圓襯托得更加優雅。

過年才上桌的好滋味：

蘇式熏魚

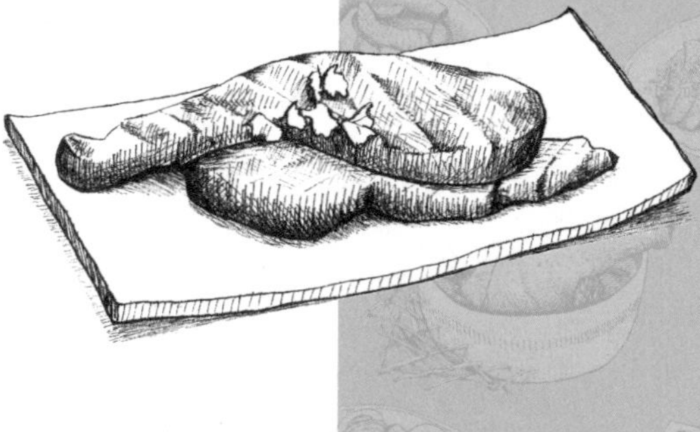

作者

朱全斌

台北市出生，祖籍江西興國，英國倫敦大學金匠學院傳播與媒體博士。自小就熱愛文藝與表演藝術，並力行斜槓人生，人生經驗過不同角色。除了在學界服務，也跨足業界，擔任過電視台副總、編劇、插畫家、專欄作家、音樂劇導演等不同工作。早年製作電視節目，類型涵蓋戲劇、新聞與社教節目，並屢獲金鐘獎肯定。後專職教授，亦同時拍攝紀錄片，作品《聖與罪》（二○○九）曾獲金穗獎、墨西哥國際電影節紀錄片金棕櫚獎以及澳門國際電影節金蓮花最佳紀錄片獎等。二○一五年在妻子韓良露過世後，創辦了南瓜國際，整理出版其占星系列著作。此外也戮力於文學創作，著有《當愛比遺忘還長》、《謝謝妳跟我說再見》、《人生需要酒肉朋友》等書。二○二○年自台灣藝術大學傳播學院院長一職退休後，除了持續旅行、寫作外，也在 BRAVO 電台主持廣播節目《朱全斌的燦爛時光》以及在人間衛視主持電視節目《藝次元宇宙》，並以幫助他人開拓自我為職志，繼續探索生命更多的可能性。

我是外省第二代，父母親都來自江西興國，從小就吃母親從外婆那邊學來的家鄉菜。這些菜式多屬於贛南，色濃汁厚，江西人又喜歡吃辣，所以重口味居多。

菜的種類不算多，但因為味道濃郁，都很下飯。其中最典型的當然是粉蒸肉，我們家的粉蒸肉跟牛肉麵館的粉蒸小籠大不同，是大大的一籠床，總是占據著餐桌的中心，裡面除了滑嫩的五花肉片，還有小芋頭、長豆角、白蘿蔔、菜心、茄子、黃豆芽等各種蔬菜，墊底的是大白菜跟小芋頭，並不放地瓜或土豆，也不會像小粉蒸那樣擱上排骨或肥腸，所以吃起來完全是兩回事。

大蒸籠中的肉，有時是用鴨或魚來代替，葷的占比並不高，最主要還是吃素菜，經過大火蒸煮後，沾了豆瓣醬、醬油醃料的肉蒸出肉汁，混著包裹著肉的米粉香，滲進泡在下面的蔬菜中，其中比較軟爛的菜如菜心、小芋頭，總是會先被搶光。

除了這道大菜，贛南其他的菜就比較簡單而家常了，像是酸缸豆炒牛肉絲、梅菜扣肉、紅燒魚、豆豉炒蕹菜、乾

這道菜既不屬於贛南菜系，偏甜的口味也不符合我父母家鄉的飲食習慣，為什麼它總是我們餐桌上的年菜呢？

煸黃豆芽、小炒魚、捶魚、醬燒芋艿……等等，這些菜普遍的特色就是顏色深味道重，都很下飯，這對於以務農為主的鄉人來說，是很重要的，飯要吃飽，才有體力幹活。

說了這麼多，還沒有提到主題的熏魚，是什麼緣故呢？我想表達的是來自江南的這道菜，既不屬於贛南菜系，偏甜的口味也不符合我父母家鄉的飲食習慣，卻為什麼在過年的時候，它總是我們餐桌上不可少的一道菜呢？

母親的年菜都是由外婆傳授的，因此大部分的菜都按照贛南家鄉的習慣，也就是沿襲農業社會的傳統，多為大魚大肉。除了粉蒸肉，還有臘味盤、紅糟豬肉、香酥鴨、全家福、蔥燒海參、紅燒魚以及土雞湯等，但還有三道平常比較少見的菜也是必要的，分別是涼拌菜、炸春捲以及熏魚，而這三道在江浙一代常見的料理都屬於前菜，也是最早上桌的。

涼拌菜有點像十香菜（又稱如意菜），不過只包括了白蘿蔔、紅蘿蔔、芹菜以及海蜇皮這四種食材，一律切成細絲，先抓鹽醃過，再用滾水汆

燙，然後淋上特製的醬汁拌攪而成。醬汁中有麻油、花椒油、鹽、老抽、生抽、檸檬汁，最後再撒上黑白芝麻，香味撲鼻的菜絲配上層次豐富的醬料，吃起來比十香菜味道更濃口感更爽脆。

在我家吃到的春捲也是改良版的，跟粵式、滬式的都不同，主要在餡料的差別，廣東人炸春捲，餡料多數是豬肉、韭黃、冬菇和芽菜，或放一些炒香的洋蔥以增添風味，上海春捲稍有不同，內餡只有冬菇、大量黃芽白及少許肉絲，講究的還會放些蝦仁或黑木耳。我們家的春捲除了豬肉、韭黃，比較特別的是會放冬筍跟紅蘿蔔，而且要勾芡，所以口感較濕潤。

終於要來談燻魚了，這在我們家其實是除了過年平常並不太做的一道菜。在小年夜之前，母親就會去市場買好了至少四斤重的草魚，先將魚切片，大約抓一個指節的厚度，不能太厚，以免不入味，然後放進大碗中醃，醃料包括米酒（四大匙）、醬油（老抽三大匙、生抽六大匙）、蔥白（拍扁）、薑、五香粉（2／3大匙）、白胡椒（一大匙）以

及少許花雕酒，用手拌勻，大約三至四小時後就可以起鍋烹煮了。熱鍋冷油，將魚下鍋炸到金黃，然後起鍋泡入冰鎮的蜂蜜水，待涼撈起，下點油炒香蔥薑，倒入醃料，加少許水和老抽上色，將炸好的魚再下鍋，等到收汁就完成了。

燻魚常見於江蘇、浙江、上海一帶以及北方的膠東沿海地區，母親採取的是蘇州的做法，名為燻魚，其實並未經過煙燻。將食物做煙燻處理最早是為了防腐，常用於魚類以及肉製品的加工。最早關於燻魚的文字記載始於明朝，那是由宋詡所著的《宋氏養生部》裡面提到：「治魚為大軒，微醃，焚礱穀糠，燻熟燥。治魚微醃，油煎之，日暴之，始煙燻之」。

這裡分別提到了直接將魚燻熟的生燻以及煎熟後再燻的熟燻兩種方式，現代已經很少真的是在火上燻了，大都是採煙燻的方式。在清朝由浙江朱彝尊寫的《食憲鴻秘》以及在北京出的《調鼎集》裡面提到燻青魚的方式不約而同都已經改為煙燻。

根據《調鼎集》記載，當時正宗的燻魚，要先用醬油

浸半天後，油炸取出，略冷後塗上麻油，然後不可缺少的一道工序就是要將魚放在鐵架上用「柏枝」煙熏（燃柏枝微熏），或者炸後加脂油、黃酒燜一個時辰、再加上甜醬也醃一小時，取出用荔枝殼熏。現在這樣繁瑣的做法已經幾乎絕跡了。

隨著冷藏技術的發展，現今煙熏是著眼於風味而不再是為了延長保存時間了，像蘇州、上海一代熏魚的做法就拿掉了「熏」的步驟，而只保留著醃跟炸，不過也可分為先醃後炸以及先炸後醃兩種，蘇州熏魚是採前者。

在清代袁枚著作《隨園食單》其中水族有鱗單一卷中提到魚脯的做法：「活青魚去頭尾，斬小方塊，鹽醃透，風乾，入鍋油煎；加作料收鹵，再炒芝麻滾拌起鍋。蘇州法也。」

魚脯後來演變為熏魚，在蘇州，這是一道冷菜，除了直接吃，也有麵湯裡浸一下再入口的吃法，當地叫做「麵澆頭」，不但口感變軟糯，麵湯也增加了香甜的滋味。

如果是先炸過再醃，這樣的工序在蘇州就要稱之為爆魚了。做法是將魚塊直接丟進

油裡炸，起鍋後丟進冰冷的醃料中，也就是醬油、冰糖與生薑，跟魚脯比起來，味道更甜，顏色偏淡。

燻魚因為最後要回鍋收汁，甚至第二次還要用炸的，以保持外皮的酥脆，在色澤及味道上都比爆魚來得濃。母親是吃贛南菜長大的，受外婆影響，做菜一向不喜歡放糖，沒想到在做這道菜時，雖沒在醃料裡擱糖，卻還是在最後步驟中加了泡蜂蜜水的程序，也算是與時俱進了。這麼做不但增加少許甜味，也讓魚的表面呈現好看的光澤。

這道菜一般都是用草魚來料理，這種淡水養殖的魚類肉質細嫩，營養豐富，但是帶有一點土味，魚刺也比較多，所以也有用青魚代替的。這兩者的區別何在呢？草魚是一種食草的淡水魚，主要是以各種水草植物為食，常常在水的中下層活動。並且很活潑，游動得比較迅速。青魚是肉食動物，其主要是以螺螄、螃蟹、河蚌、蝦等動物為食，分布在水的下層，行動則比較遲緩，不怎麼活潑。

青魚因為是吃肉的，所以體型要偏大、偏長一些，而且

菜可以複製，人散了就只剩下回憶，
這味道哪兒還能一樣呢？

魚鰭比草魚略大。草魚雖然個頭小一些，但是比青魚顯得圓潤。至於肉質方面，草魚嫩而不膩，而青魚雖然比草魚來得鮮美，卻也比較肥，再說價錢也貴得多，所以一般說來，還是草魚比較普遍。

雖然蘇式的熏魚已經不用煙熏了，但是粵式熏魚倒仍然存在著這個工序，不過他們不用淡水魚，用的是來自海裡的白鯧，在年菜中也是不可或缺的菜，取其「昌盛」的寓意。近年爆紅的私廚名店喜相逢就將這道煙熏白鯧列為招牌菜之一。

煙熏法倒也沒有從上海料理中消失，在上海十里洋場工作的廣東師傅就參考了西餐（如匈牙利）的做法，自創了煙熏銀鱈魚，考慮到鱈魚易碎的肉質，在醃過之後用蒸取代了炸，熟了之後再進行煙熏的程序。吃起來口感比鯧魚要軟嫩許多。

現在煙熏已經不像古代那樣燒柏枝了，而是會在炒菜鍋中放上拌勻的糖、生米跟茶葉，講究些也有放紫蘇葉的，然後將魚放在間隔四、五公分的鐵架上，開火蓋緊鍋蓋，等聞到由鍋蓋細縫中冒出的煙味

時，再略等一下就完成了。

或許從小就吃慣了母親的蘇式做法吧，我比較吃不慣煙燻的，總覺得帶點苦味，還是喜歡醬味中帶點甜的味道。不但因為這是母親其他菜色中少有的，更由於它可以單獨當點心吃。

在年菜中，燻魚跟春捲一樣都是屬於前菜，母親總是最先料理這兩道菜，做好先擺上桌，然後回到廚房去忙其他的。雖然還沒到開飯的時候，但我們五個孩子因為嘴饞，總是迫不及待地去徒手拈來當點心吃，一邊吃一邊還聽到母親自遠處喊著：「剛起鍋，小心，不要燙傷了舌頭。」而這場景也總是我家團圓吃年夜飯的序場。

想起來，這都已經是四十多年前的回憶了。年長之後，因為懷念，我曾經飛到美國去跟已經移民數十年的母親學怎麼做家鄉菜，但是學會了卻很少做，因為菜可以複製，人散了就只剩下回憶，這味道哪兒還能一樣呢？

至於這道蘇式料理為什麼會經由外婆傳到母親的年菜餐桌呢？記得外公年輕時曾經離家去上海讀書，會不會是因為

這個緣故，外婆才學會做這道菜呢？遺憾的是我將永遠無法知曉它的答案了。

這道熏魚的製程不易，以油溫酥炸草魚塊，直到外表結痂，取出瀝油，接著是祕密武器——蜂蜜。

- 將炸好的魚放進蜂蜜中浸泡一下子，不能過多過少，一定要恰恰好。
- 讓魚可以保持酥脆又帶有蜂蜜的香甜。

一道完美的熏魚就此完成。

簡單美味的幸福：
蹄花麵線、芋香牛肉末

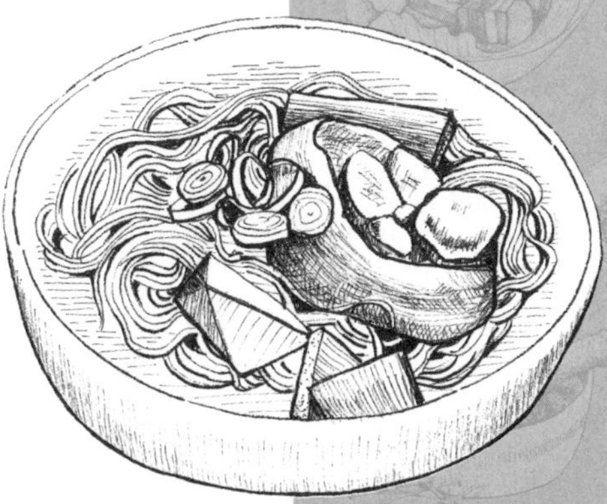

作者　**廖玉蕙**

東吳大學中國文學博士，台北教育大學語創系退休教授，目前專事寫作、演講。多篇作品被選入各級學校課本及各種選集。創作有：《早安，窗邊上的玫瑰》、《彼年春天——廖玉蕙的台語散文》、《穿一隻靴子的老虎》、《接住受苦的靈魂：親愛的，我知道你的痛》、《家人相互靠近的練習》、《愛的排行榜》、《讀出太陽的心情》、《大食人間煙火》、《當蝴蝶款款飛走以後》、《汽車冒煙之必要：廖玉蕙搭車尋趣散文集》、《送給妹妹的彩虹》、《後來》、《在碧綠的夏色裡》、《教授別急！——廖玉蕙幽默散文集》、《純真遺落》、《廖玉蕙精選集》、《像我這樣的老師》、《五十歲的公主》等五十餘冊；《母雞奶奶說故事》有聲書和閩南語數位有聲書《火車行過的時》等。也曾編選《文學小事——廖玉蕙教你深度閱讀與快樂寫作》、《晨讀 10 分鐘——親情散文選》、《晨讀 10 分鐘——幽默散文選》等十幾種語文教材。曾獲吳三連散文獎、吳魯芹散文獎、台中文學貢獻獎、中山文藝獎等。

家族共同記憶的味道：蹄花麵線

年幼時，父親只是鄉公所裡的基層公務員，家中食指浩繁，家用拮据，從來沒有「過生日」的習慣，除非年過六十的老人家，才有慶祝整壽的特權。經濟起飛後，台灣時興慶生，母親也開始跟風，目的無非召喚家人聚首。未必有蛋糕、紅蛋，但確定有蹄花麵線。後來，這道食物遂成為吾家歡聚之必備。母親走了，我接手舊宅，翻新屋宇，將老家打造為手足聚會之所。我在母親的廚房重拾老人家的鍋鏟，追索母親的廚房滋味。家人共推這道豬蹄走過的麵線最得其神髓。

母親過世已然十六年，十六年足夠讓嬰兒長成少女；讓少女升等為人母，讓人母升格為祖輩；其間的變化於我堪稱「滄海桑田」。最大的滄桑不止於母親的仙逝，我的長兄、二姊、三姊、二哥、小哥都相繼在這些年內亡故。

我在母親仙逝前五個月，曾寫了一篇讓我萬分神傷的作品〈廚房裡的專制君王〉。刻畫一向強勢的母親已逐漸病弱，正為無法掌控轄區主場的廚房而懊惱神傷，整個生活變得狂亂、崩毀，亂糟糟。

當時，儘管心理、生理狀況都瀕臨崩潰，母親猶然撐持著在文章

這道母親最後的廚藝遂成為永恆，

一再穿梭於生跟死之間。

刊載後的兩個月，完成了廚房裡「專制君王」的最後一役。我們應母親的要求，載送她回中部老家。清晨即起，她訂購了黑毛豬腳，在外籍看護的協助下，顫巍巍地在廚房裡燉了兩鍋最拿手的豬腳湯。一鍋留下，以饗家人；一鍋讓外子開車送去豐原給長期照護她的家庭醫生。母親說：「食人一斤，至少也要還人四兩！醫生對我足好，阮受伊的照顧，一點的報答是應該的。」如今回想起來，就像一則神諭，一向周到的母親，似乎已經了然今生的緣會至此算是了結！直到臨終，她都還鄭重地用食物向家人示愛，用身教告訴我們「施與受」的做人道理。

畢生以廚房為根據地，以美食兜攏家人情感的母親，用親手烹煮獨門的豬腳湯向她一向最繾綣的廚房道別，向照護她的醫生表達最誠摯的謝意，裡外一併照應。從那之後，她徹底從廚房撤守。銜命去送禮的外子在回首往事時曾透露：「媽媽毋但（不但）叫我送去一鼎豬腳湯，猶另外用袋仔裝一大包慣用的麵線佮幾支青蒜仔；閣交代我：愛會記得佮先生娘講，欲貯（盛）豬腳湯進前，共青蒜擲落去滾一下，才會青翠清芳，氣味較好。多謝伊也祝福佃翁仔某健康快樂。」她總

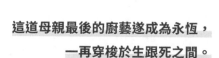

是周到，不論平時抑是病中。

母親暮年用吉祥的慶生蹄花麵線捎給延續她生命的醫生由衷的祝福，可惜終究還是沒能在這場生與死的拔河中贏得勝利。母親謝世後，家人每有聚會，這道母親最後的廚藝遂成為永恆，一再穿梭於生跟死之間，所有的生老病死，都和它脫不了關係。晚輩的婚慶和兄姊的病中、散宴，大家都要求吃它一碗。無非希望藉由家族共同記憶的味道，搭起家族血緣的親密橋梁或勾起長輩被疾病壓抑的味蕾。

原本居住豐原的二哥，前些年隨兒女搬遷來台北景美，中風過後的他變得容易感傷。一日，坐著輪椅，由外籍看護推至大樓中庭解悶，忽然情緒激動地淚流滿面、仰天咆哮，鬧著要回去中部老家，引得四鄰注目。但疫情嚴峻，防疫中心極力宣導年高者非必要不要遠行，尤其是清明假期，最好居家規避風險。但嫂子、姪兒力勸無效，他聲聲哀號且涕淚橫流，聞者沾襟。

姪兒不得已來電求援。我知中風多年的二哥想是因清明上墳的電視畫面引發的懷想，令他情緒攪擾而潰堤，在電話中我告訴他：「我知道你想家，但疫情嚴峻，還是保命要緊。明日我會過去跟你聊聊，

改天再下廚烹煮一鍋豬腳麵線送去給你解饞。」老人孩子性，一場喧鬧居然就被豬腳麵線給鎮住了。看來蹄花麵線的豬蹄和我們一併走過歲月，而Q彈的麵線拉長的記憶，最能釋放憂傷、寬解相思。

寫作生涯開啟的幸福：芋香牛肉末

相較於家庭記憶的蹄花麵線，另一道芋香牛肉／豬肉末則承載我寫作生涯裡的感恩記憶。我在大學時期，擔任學校校刊主編，因此參與救國團主辦的「全國大專院校編輯研習營」，得以結識營主任瘂弦先生，並幸運被網羅進他主編的《幼獅文藝》月刊擔任編輯。當時的《幼獅文藝》作者群都是一方之霸。我幫瘂弦先生寫信，撰寫每月編輯案頭或採訪作家，王鼎鈞、楊牧、周夢蝶、余光中、琦君、張愛玲、洛夫……有機會向這些文壇精英邀稿、聯繫，真是非常的榮幸。但雖然身在文壇的蛋黃區，或者因為眼高手低，從來沒想過要自己提筆創作。直到婚後數年的偶一機緣，才開始持續創作，進軍文壇。

說起來也是一段奇特的緣會。約莫在《幼獅文藝》打工十五年後的一九八五年三月，我在東吳中文系兼課，應學生班刊之邀寫了篇

短文，靈機一動，先投去《中國時報．人間副刊》試試。當時的主編金恆煒居然回信，希望我能多寫些，這是超級無敵的鼓勵。其後，他更以飛快的速度刊登拙作來鞭策我持續寫作。我當時雖然已有一些人生閱歷了，卻還靦腆，怕被退稿，既然金先生不棄，我就專攻《人間副刊》。

我約略估算了一下，就那一年間，我的作品在《人間副刊》總計刊登了二十二篇，其中有二十篇是頭題主文。因為埋首寫得興頭，完全沒想到在文字的量上已經足以出版一本書了。我在拙作《像蝴蝶一樣款款飛走以後》的一篇回憶文章中曾說：

> 一九八五年底，已有幾家出版社陸續前來跟我洽談出版事，我正猶豫著，忽然金恆煒打電話問我有無意願給圓神出版，我嚇了一跳，著實可用「受寵若驚」來形容。依然深刻記憶著初次和圓神老闆簡志忠先生見面時，心情的忐忑，興奮緊張中夾雜著靦腆羞澀。飯館內，人聲雜沓，我卻只聽到簡先生客氣的聲音：「那我們就這樣說定了。」我的寫作生涯在「就這樣說定了」的承諾後徐徐開啟，如燎原之火，

延燒至今，沒完沒了。

說實話，對我這個文學菜鳥而言，那時的邀約堪稱無比的榮寵。圓神剛出版第一批書，作家有雷驤、七等生、沙究、董橋、逯耀東、馬森、莊因……都是一時之選，能跟他們並列，成為第十一本，實在很激動，也很感激。這讓我萌生好像可以寫作一輩子的興奮與信心。

我常常記住當年得到簡社長青睞而出版第一本散文《閒情》的感動，但在記憶裡更清晰的是首次見面時的餐館「談話頭」及餐桌上那道可口的「芋香牛肉末」。

我記得簡先生介紹「談話頭餐廳」時，特別捏出「這間店常常有藝文界人士出入」。我忽然心裡一動，好個「談話頭」！談話的源頭不就是故事之所緣起？在那裡簽下我創作生涯的第一本散文合約後，是不是暗示從此就可以開始以創作者的身分側身文壇了？我不免偷偷這樣想。

那回，簡先生點了很多菜，這道芋香牛肉末特別引起我的注意。芋頭可以做得如此簡單卻又美味無比，出乎我的預料，我希望自己寫

出來的文字也可以如這道菜般簡淨美味。其後，只要到台北，我就會帶著家人去光顧，這家餐廳就像是我寫作的「起家厝」，對我而言意義非凡；而從那以後，我也開始在家裡學著做這道菜，居然贏得許多的掌聲。

二〇一七年九月，台中文學館的「櫟舍文學餐廳」開張，我獲邀去開幕典禮的記者會，並貢獻一道菜。朋友笑問：「你現在的頭銜是作家還是廚師？」我說：「烹調也是另一種創作，只是不用筆或電腦，而是用鍋鏟。」文學館裡，記者雲集，紛紛來問：「活化古蹟，靠吃食好嗎？」我說，古蹟有好風景、好策展、好人情，如果加上能解決首要的民生議題——填飽肚皮，豈不「數」全齊美？文學藝術是精緻文學，精緻文學得植基在溫飽繁榮上。文學館若能從精神層次照應到唇齒肚腹，誰曰不宜！所以，我認為在木質館舍間，迎著溫煦的陽光，吃著簡單的食物，是人生必要的幸福，但價錢一定不能太高。

我特地選擇這道簡單又好吃的平民食物——芋香牛肉末，取材自故鄉台中的大甲芋，為了關照不吃牛肉的朋友，另煮一鍋芋香豬肉末。炒鍋才放上爐台，眾多攝影、錄影機忽然一擁而上，我被這大陣

在木質館舍間，迎著溫煦的陽光，吃著簡單的食物，是人生必要的幸福。

仗嚇得差點把煮牛肉鍋的杓子伸進豬肉鍋裡。做好剛端上，才擦個汗，一轉身，已一掃而空。有的來賓遲來一步，只能望鍋興嘆。眾口交讚，我猜是應酬話居多，但有時自 high 一下也是健康之道。尤其孫女看到報紙上登載阿嬤穿著圍裙被記者和鏡頭包圍的照片，頻頻發問：記者圍著你做什麼？他們說你做的芋香牛肉末好吃嗎？看著孫女眼中透漏的光，阿嬤瞬間覺得走路有風。

有了這次經驗，我開始對這道食物的烹煮充滿信心。在紀州庵的週年園遊會上，我又應邀拿這道菜來共襄盛舉。據館長封德屏的說法是：「看著周遭的朋友吃得津津有味，才想著該去添一碗，鍋子已經見底了，好受歡迎。」

這兩道菜，一來自家傳，一源自外學；做起來都既容易上手，又不容易失手，遂成為我每回宴客或攜菜參與朋友歡會的必備料理。值得一提的是，生命中美好的時刻常常都跟這兩道菜有關，最近的記憶是：朋友慧玲和 Michael 夫妻常在他們的水晶樓舉行「樓台會」。我曾攜帶芋香牛肉末前往湊熱鬧，我還記得當時 Michael 舀起幾勺芋香牛肉末，埋頭連吃兩碗飯後抬起頭的滿足笑容；沒料到芋香牛肉末竟

成與他結緣的最後一道菜。如今，故人遠走，笑容依稀；我打算整理年來深深的思念，擇日想再上水晶樓，以家傳的蹄花麵線延續兩家珍貴的緣會。

飲食文學常不止於餐桌上簡單美味的飲食，於我，更在於餐桌外情感的歸趨與寫作生涯開啟的幸福。

廖玉蕙的蹄花麵線，是水煮的白湯底，慢火熬煮加上蒜頭提味，湯頭甜而不膩，豐含膠質，最後再加上些許醬油提色。

豬腳吃起來 Q 彈適中，冬季時會配上筍子，湯頭甘甜不膩。

旅行的味道：
歐式番茄蛤蜊烤魚

作者 **韓良憶**

飲食旅遊作家和譯者，曾旅居歐洲十三年，目前和荷蘭丈夫定居台北。自認是饞人，對美食有信仰，樂於動手烹飪，愛旅行，愛散步，生活中不能沒有書本、電影和音樂。曾在報紙和電視媒體工作，還當過電影助理製片，目前在台北 BRAVO FM 91.3 電台主持節目，並在報刊撰寫專欄，繁簡體中文著作加起來二十餘本，譯作更多。

下午近晚，驟雨直落，雨後天光微亮，空氣濕潤，帶著些許涼意。我抬起頭，朝著面對山坡的窗外猛嗅一口氣，似乎聞到草木的氣味，低下頭來，移動電腦滑鼠，在螢幕上點了一下，將文件存了檔，關掉視窗，推開鍵盤，起身。此刻，恰是放下工作，進廚房煮炊的好時光。

我自冰箱取出食材，從瓦斯爐下方搬出我的長形煮魚鍋，設定好烤箱溫度，今晚又要做蛤蜊烤魚。前置作業不麻煩，做法也不難，重點是，非常合咱家的胃口，我們都愛吃海鮮勝於肉食。有了這一大鍋，再拌個沙拉、煎兩條櫛瓜，配米飯或北非風味庫斯庫斯，一家人就可以大啖「旅行的味道」了。

頭一回嚐到將蛤蜊加鮮魚煮在一起的做法，是在義大利。那會兒我剛移居荷蘭半年多，初夏和新婚的丈夫前往義大利自助旅行，在標榜南義風味的小餐館，點了這道海鮮主菜。之所以對此菜感到興趣，主要是其義文名字太有意思，叫做Acqua pazza。我略通義大利語，知道此二字直譯為「瘋狂的水」，再讀底下的解說，

明白其中既有魚又有貝。

菜一上桌，我一看，有一點像番茄燉海鮮，只是湯汁沒有那麼濃且紅，且並未加蝦子、烏賊或魷魚。至今記得那一盤「瘋狂的水」——或按如今更常見的譯名，「狂水煮魚」——用的是大西洋金頭鯛（Orata），此魚長相略似台灣菜市場俗名「黑格」的太平洋棘鯛，假如要燒成中菜，適合紅燒或乾煎。

義大利並沒有紅燒魚，卻有或可稱之為白燒的狂水煮魚。那條金頭鯛乃整條上桌，盛在橢圓形深盤中，盤底汁液淋漓，氤氳的熱氣滿是海味。魚身周遭圍著義大利花蛤，體型略小於台灣文蛤，但貝肉看來很肥美。紅彤彤的櫻桃小番茄不但給整道菜添了顏色，更令我垂涎欲滴，夏季正是義大利番茄當令時，果味飽滿極了。菜單上註明，這是兩人份主菜，然依我看，這份量足供兩位成年人帶著五、六歲左右的小孩共享。

一整盤魚貝和番茄被我倆一掃而空，汁也沒放過，以麵包蘸取，全部下肚。此菜實在太美味，我一回荷蘭就上網找食譜，發覺它原是拿坡里漁夫

這種我覺得比定點遊還更「接地氣」的旅遊形態，更促成了良憶版蛤蜊煮魚的一再演化。

菜色。據說最原始的漁家做法，以海水和橄欖油為底料，當日漁獲為材料，混在一起大鍋煮。下鍋的魚貝不拘特定種類，有什麼就煮什麼，大魚小魚皆可，隨興得很。不過一般來講，多半用白身魚，少用鯖魚或沙丁等味道太重的魚，我猜是因為亮皮魚味道太濃重，會掩蓋蛤蜊的鮮之故。另外，原始食譜中更不可能有鮭魚，要知道，南義沿海並不產鮭魚，想要捕鮭，得北上至寒冷的挪威才行。

同年秋天，我和丈夫經荷蘭友人之邀，首度嘗試在歐洲行之有年的「自炊假期」，再度踏上義大利土地，從此愛上了這種我覺得比定點遊還更「接地氣」的旅遊形態，而這更促成了良憶版蛤蜊煮魚的一再演化。

且讓我先短短說明，後來被我稱之為「居遊」的此一度假方式是什麼。簡單講，我所謂的居遊就是，旅人和遊客在異地旅遊時，刻意不下榻旅店或供應早餐和床位的B&B民宿，而租居於整間的都市公寓或鄉村農舍，一住少則一週，多則半個月乃至更久，並以此住宅為「家園基地」，自駕

或搭乘公共交通，四處遊逛。喜歡的話，可以漫遊方圓一兩百公里內的大城小村，當日往返；不然，就待在租處附近一帶，逛逛街，坐坐咖啡店，到河邊或公園走走，過起半居半遊的日子。

對我而言，居遊有一大好處，就是住處往往帶有設備齊全的廚房，這意味我或者旅伴一有興致，便可以下廚做菜。而「吃貨」如我，在居遊期間不時就「興致來了」，特別是在逛傳統市場甚或貨色特別豐富的超市和食品雜貨店的時候，那些五顏六色、識或不識的農漁產和新鮮食材，每每看得我目不暇給，更加躍躍欲試，一心只想回到暫時屬於我的廚房，用剛買的好食材做幾樣菜。

而每一回看見新鮮的海產，便會想起義式煮魚，只是畢竟是在度假，不想時時刻刻都守在爐前顧爐火，遂自作主張，不煮魚，改焗烤，只要把魚和佐料塞進烤箱，設定好溫度和時間，要不了半小時，美味便大功告成。

初時做此魚，大致按照第一回在義大利吃到的做法準備食材，魚和貝類一定有，

有時用整條的鮮魚，但也並不排斥改用去骨去刺的魚排，好比鱸魚片或鱈魚塊，倘若實在買不到新鮮的魚，優質的冷凍魚亦可接受。至於配料，就只有番茄、蒜片和少少的酸豆（這是俗名，正名應為刺山柑）而已。

後來在網上看到不一樣的配料組合，在餐館也吃到食材略異的同一道菜，有加黑橄欖、洋蔥、西芹、茴香頭的，有完全不撒香藥草，或反過來加了各種地中海香草的。我若吃到對味的做法，讀到看來順眼的食譜，都會在廚房中做做看，加加減減地，慢慢摸索出自己喜歡的口味，但是較之最初的版本，變化仍不算太大。

再後來，我去了西班牙，這道菜的做法出現較大的變動。在離巴塞隆那海濱不遠的小餐酒館，我品嚐到相似卻又不盡相同的一道焗烤魚，用的是大塊的白肉魚，應該是真鱈（cod）或較平價的狹鱈（pollock），更特別的是，加了西班牙辣香腸（chorizo），還有馬鈴薯。豬肉腸增添了油脂，魚汁的滋味更香濃，菜的風格較粗獷，口味稍重，然而，還是鮮。

因為菜的成形，拜前往不同國度旅行之賜，
我戲稱之為「旅行的味道」。

跟著，我又去了也在伊比利半島的葡萄牙，發覺葡萄牙人似乎比西班牙人更喜愛將肉和海鮮燴煮於一鍋，好比南部和中部名菜阿連特茹豬肉（Carne de Porco à Alentejana），亦即蛤蜊燉紅椒豬肉，或隨處都吃得到的下酒菜辣香腸炒蛤蜊。這給了我靈感，往蛤蜊烤魚或煮魚中添加辣香腸，逐漸設計成良憶風歐式魚餚。

因為菜的成形，拜前往不同國度旅行之賜，我戲稱之為「旅行的味道」，只因我吃著吃著，便會想起在南歐居遊時的點點滴滴，包括那些曾在旅途中給予溫暖的人、那些在鵝卵石小路或山野步道上晃遊的下午，還有那許許多多當時只道是平常、卻至今不忘的生活小插曲。

直到今天，我仍不時將這道菜端上我家餐桌，此菜更持續在「進化」中，有時烤，有時一鍋煮，有時會看季節和食材取得方便與否而更換配方和成分，多了這個，少了那個，這裡加一點，那裡減一點，但是魚、蛤蜊和番茄始終都在。

幾年前，「紀州庵文學森林」風格茶館邀我貢獻一道「作家私房菜」，我左思右想，

決定推出「旅行的味道」，我相信愛吃海鮮的台灣朋友，當能欣賞這道鮮美的魚餚。由於茶館乃以單人套餐方式上菜，整條魚的份量未免太大，我決定採用沒有小刺的魚片，方便不擅長挑魚刺的人食用，尤其是老人家和兒童。

令我欣慰的是，我有位作家朋友好像真的愛吃，時常點用，有一回恰巧賣光了，她還特地來跟我「客訴」。我當然明白她是為我高興，因為這表示除了她，還有別人也喜愛我的私房菜。可是，話說回來，我只負責供應食譜並示範，隨後便委託風格茶館主廚實地製作，最後再試吃以確定味道，如此而已。是以，真正在紀州庵烹煮好魚、好蛤蜊、好菜的功臣，不是我啊。

這道歐式番茄蛤蜊烤魚，因各國食材、香料而有不同風味，綜合義大利狂水煮魚的做法、模仿西班牙的配料，用的是蛤蜊、白肉魚塊等，加上辣香腸。

在紀州庵，用的是大比目魚，俗稱扁鱈，最後再加上香料的細緻點綴，淋上白酒後香氣滿溢。

小説家的私房料理：
玻璃肉麻油麵線與莎梨酸菜鴨

作者

凌煙

本名莊淑楨，出生成長於嘉義縣東石鄉。從小立志要成為歌仔戲班小生，二十歲時勇於追求理想，不顧父母反對離家出走進入戲班學戲，半年後戲子夢碎，只能寄情於小說創作，將稿紙化為戲台，搬演現實中的悲歡離合。二十六歲以歌仔戲班的親身經歷創作長篇小說《失聲畫眉》，是自立報系舉辦百萬小說徵選八年以來，第一部獲得一百萬元獎金的作品。在嚴格評選之下，以評審全數通過獲得這項國內最高額的文學獎。十七年後再以《竹雞與阿秋》獲打狗文學獎長篇小說首獎，並一鼓作氣完成《失聲畫眉》的續集——長篇小說《扮裝畫眉》。其他著作有《泡沫情人》、《寄生奇緣》、《幸福田園》、《柴頭新娘》等，近期作品為《乘著記憶的翅膀，尋找幸福的滋味》、《舌尖上的人生廚房》、《文學廚房的人生百味》。現於高雄開設「凌煙文學廚房」宅配料理，以菜會友。

只要有一個能煮食的廚房，

就是一個幸福的家。

冬季限定的玻璃肉麻油麵線

俗話說「富過三代才懂吃穿」，我的原生家庭雖不富裕，因為父母是做生意的，錢水較活，我從國小四年級開始學做飯，國中已能獨自採買食材，他們讓我養成想吃什麼就買什麼的習慣，花錢從來不懂斤斤計較，也不知柴米貴，常聽大人說「為三頓打拚」，還以為三餐飲食真是人生最重要的事。我二十歲就離家走上屬於自己的人生道路，方知遍布荊棘，為愛走入經濟困窘的婚姻，什麼都沒有也無所謂，只要有一個能煮食的廚房，就是一個幸福的家，我喜歡招待朋友們來吃飯，讓家裡充滿熱鬧與歡笑。沒錢要做出一桌宴客菜，採買便是一種學問，我在貧困時期終於學會問價與比價，學會花最少的錢，做出一頓有魚有肉的料理，照樣賓主盡歡。

大文豪蘇東坡也是一位精於烹飪的美食家，他被貶謫湖北黃岡時，以「富者不肯喫，貧者不解煮」的廉價豬肉，仿前人做法，改用黃酒、冰糖、醬油滷燉，以「慢著火、少著水，柴頭罨煙焰不起，待他自熟莫催它，火候足時它自美」的烹飪技巧，留下「東坡肉」這道千古流傳的美味佳餚，也讓「價錢等糞土」的豬肉逐漸廣受歡迎。一

隻豬不同部位各有不同的料理方法，東坡肉用的是五花，也就是台語說的三層，一層皮一層肥肉一層瘦肉，滷肉多用這個部位，「蒜泥白肉」也是，煎煮炒炸皆合宜；四隻豬腳有包括最好吃的蹄膀，其餘豬腳箍因為富含膠質，或滷或煮味道都香濃。在「松阪肉」這個名詞還不常見前，我這個貧窮美食家多只買三層做滷肉，或買豬腳做冰糖豬腳，後來經濟好轉，較有閒情研究新菜色，有一位熟識的肉攤老闆娘向我推薦他們特取的「玻璃肉」，每片大約手掌大小，說只要水煮十分鐘燜十分鐘，切片沾蒜頭醬油膏就很好吃。我依法水煮白切，做沾醬時多加一味辣豆瓣醬，入口滿嘴生香，口感豐腴脆嫩，家人一致叫好，後來才知道玻璃肉就是餐廳所謂的「松阪肉」，與日本的「松阪牛」無關，只是搭名稱便車，讓消費者知其珍貴罷了。

因為老闆娘「藏步」，不肯明說「玻璃肉」是取自豬的哪個部位，我直接與男同志的「老玻璃」做聯想，就認定那是「屁股肉」，有一次送了幾片給我那擅長廚藝的銀秀阿姑，她拿去白河問遍肉攤都找不到這種「屁股肉」，事隔很久才發現根本是笑話一樁，所謂「玻璃肉」是長在豬的後頸而不在屁股，且有一個歷史典故。東晉元帝時期

民生窮困，元帝渡江到建業，隨從官吏每得到一頭豬，就獻上最美味的「項下一臠」孝敬晉元帝，後來人們便稱這塊帝王專享的豬頸肉為「禁臠」，而這塊「禁臠」正是肉砧（豬肉攤）所說的玻璃肉，不是長在豬的屁股，而是長在豬頸連接臉頰下巴處。

豬的後頸部俗稱「槽頭肉」，通常都是整塊販售，早期所有麵攤用的肉燥，都以切碎的槽頭肉滷製，豐富的皮脂與膠質，配上炸油蔥與醬油，滷至入口即化香氣四溢，陽春麵舀上一匙立刻變得豐饒富庶，澆一匙在白飯上，不只齒頰生香，還能黏住人的嘴唇不放。早期社會環境還不富裕時，除了阿舍以外，誰會想到要剃出槽頭內藏著的那兩片「玻璃肉」出來煮食？「玻璃肉」是台語名詞，如同高麗菜在許多老輩口中，都以「玻璃菜」稱之，取其口感爽脆之意。一頭豬只有兩片「玻璃肉」，每片大約六兩重，也有人稱為「六兩肉」。另外，在豬的肩頸處，位於里肌肉上層，有兩小塊「僧帽肌」，俗稱「離緣肉」或「二緣肉」，也是廣受喜愛的一個部位，肉質細嫩，因為數量稀少，所以肉攤常與「玻璃肉」混在一起販售，造成消費者認知上的誤導，傻傻分不清楚到底哪塊才是真正的「玻璃肉」。

冷冷的天吃一碗熱騰騰的玻璃肉麻油麵線，

心窩裡便有暖暖的幸福感。

「玻璃肉」是價格最昂貴的一塊豬肉，也是人生走入順境後，我在宴客之時，最常做的一道料理，夏天適合清爽白切，冬天是麻油酒的季節，玻璃肉切斜薄片，先以普通食用油將老薑片煸至乾縮，加入玻璃肉炒至赤黃，用鍋鏟舀掉多餘油脂，倒入適量麻油炒香，加一小杯米酒與一小杯水，小火燜煮十分鐘，可搭配菇類，撒一小把枸杞翻炒再下蔥段，以鹽調味後起鍋，色香味俱全，健康又養生，如果一餐沒吃完，隔餐只要加些酒水，下一小把麵線，喜歡再煎顆荷包蛋，冷冷的天吃一碗熱騰騰的玻璃肉麻油麵線，心窩裡便有暖暖的幸福感。

獨一無二的莎梨酸菜鴨

幾年前第一次吃到莎梨，是仁靖送我的，採自她朋友的農場，她總在產季時多採一些，洗淨剖半，再分成小袋放在冷凍庫，沒酸菜的時候當酸菜用，加五花肉片煮湯，解油膩。

莎梨又稱木梨，外表長得像橄欖，所以俗稱南洋橄欖，卻不是橄欖科，而是漆樹科榲桲屬落葉喬木，原產於太平洋諸島，學名為太平洋榲桲。吃法可以等成熟時吃，酸甜味甘，沙沙似梨的清香，也可以在未成熟前採收，削皮後以糖醃漬，類似芒果青般酸脆甜，可說是南洋新住民的情人果。

說實話，仁靖送我帶回家的冷凍莎梨，第一次用來煮排骨湯，家人並不太捧場，因為酸度不夠，也沒什麼味道，第二次放更多煮魚湯也是失敗，與西瓜緜或酸菜比起來，莎梨果實的酸是平淡無奇的，剩下未煮完的那些，凍到最後全進了垃圾桶。

去年跟著從事有機產品批發的學生，去東勢種桶柑的農戶家玩，又接觸到一種「阿嬤級零嘴」餘甘子，或稱油甘，引進台灣已超過三百年歷史，果實表面呈棕褐至墨綠色，果肉是淡黃綠色，像破布子一樣內有硬核，乾掉後可裂六瓣，早期農業社會常見栽種於牆角，任其自由生長，到產期時出遠門會摘一把放口袋，口渴時吃上一顆，酸澀回甘，生津止渴。大量採收後以鹽與砂糖醃漬，便是農村婦女最愛的零嘴，再經日曬即是一種鹹酸甜蜜餞，那是令許多四年級以下長輩，至今還十分懷念的共同回憶。

油甘和莎梨一樣，富含多種維生素與礦物質、微量元素，能抗氧化與防癌，都是對身體健康有極大益處的超級食物，常吃有助預防

慢性疾病。因為還沒到開花結果的季節，東勢的農家朋友拿出一些去年製作的油甘酒、油甘醋與醃油甘給我們品嚐，入口確實都有酸澀回甘的底韻，難怪有句台語俗諺說「油甘好尾味，查某囝著罔飼」，古早時代生女兒被視為賠錢貨，常有送給別人當童養媳的情形，這句俗語在勸導大家，養女兒像種一棵油甘一樣，過程雖困苦酸澀，遲早都會回甘。告別農家時，又獲贈一包冷凍的油甘果，其天然酸度勝過莎梨，回家試煮鴨肉湯，酸度還是差了些，總覺得還少了什麼，後來想到在林園農會的早市買過飛烏（飛魚），漁販附贈三顆青芒果，我煮好後盛一碗送給老家在紅毛港的鄰居阿婆，她立刻說：「煮飛烏要用檨仔酸，毋是檨仔青。」後來我自製了一些檨仔酸再煮一次飛烏，香味果然不同，同樣是酸，經過發酵，就會變成酸中帶香，而且，不同食材經過發酵，散發出來的酸香也各有不同，像吃北平烤鴨，利用鴨架熬煮酸菜鴨湯，除了用酸菜外，還會放酸筍，讓湯頭的酸香滋味更有層次。

「有樣看樣，無樣家己想」是老一輩常用來教訓晚輩的一句話，意思是遇到事情要懂得用眼睛去觀察，用頭腦去想一想，解決事情則

要懂得應變之道。既然酸度不夠，疏果摘下來的小西瓜，都能變成酸香的西瓜緜，那麼本身已經是酸的油甘與莎梨，若經酸漬發酵，想必滋味會更迷人。油甘產季在每年八至十二月，莎梨是從六、七月開始採收青果，八月中旬以後的果實就開始成熟軟化，不適合醃漬。去年我同時買進一箱莎梨與一箱油甘，容器選用抗酸鹼的塑膠桶酸漬，採用最笨卻零失敗的厭氧發酵法，莎梨洗淨切半，燒一鍋加入三％鹽的食用水，塑膠桶用米酒擦拭乾淨，不能沾到任何油漬，水滾沸後，每個需要用到的器具，如撈杓、晾涼用的白鐵盤、夾子、大湯匙等，都先入滾水燙過殺菌，然後把莎梨倒入滾水中消毒兼殺青，撈出放涼，等鹽水也降至常溫後，把莎梨倒入塑膠桶中至八分滿，再倒入薄鹽水加至全滿，覆蓋上乾淨的塑膠袋，再蓋上塑膠桶的蓋子，桶底最好有一個容器盛著，因為開始發酵後，也許會有鹽水溢出，才不會弄髒地板，酸漬油甘的方法也相同，二至三星期可發酵酸漬完成，連同湯汁分裝成小包冷凍，要做料理時，再拿出來加水煮湯，像煮酸菜白肉鍋一樣，如果能加入一些醃漬的酸汁同煮，味道與酸度都會更濃郁。莎梨因為大顆，較好清洗處理，油甘只比破布子大些，表面又有裂瓣，

上有蒂頭，下有臍眼，都要用小刀尖挑除，網路價一斤最少一百元起跳，再加上清洗耗工，要用來販售根本不符合成本，還是莎梨較親民，批發價最便宜三十五元就可買到。

油甘因為含有許多酵素，所以對於幫助消化積食、脹氣有很好的效果，跟酸菜一起煮鴨肉湯，會因為酵素作用讓鴨肉表面變黑，莎梨不會，用來煮酸菜鴨、酸菜魚湯，都酸得恰到好處，連鹽都不必加，只要撒上胡椒粉與蔥段即可。我會把酸漬的莎梨或油甘，與部分酸汁加水先熬煮出味，放入薑絲，再放鴨肉或深海魚肉，鴨肉要煮三十分鐘，所以可以與莎梨或油甘一起熬煮，魚肉煮老了就不好吃，有賣生魚片的魚攤，都有一些剔下的旗魚、鮪魚、海鱺等帶皮碎肉，新鮮又便宜，買來煮酸菜魚湯最合味，稍煮一下，熟了就成。我曾在朋友聚會時，帶一鍋酸菜鴨或酸菜魚去分享，讓每位吃到的朋友都驚豔，沒吃上個兩、三碗不過癮，而我自己最愛的，是把酸菜鴨肉湯加入一把冬粉，煮出滋味獨一無二的酸菜鴨肉冬粉當主食，而不只是一道湯，簡單就能解決一餐，省時又省事。

台語常會把「酸澀」放在一起說，許多食材，其實都是酸中帶澀

的，莎梨和油甘如此，醃酸菜的芥菜也是如此，因為有酸有澀，才能讓酸漬的食物產生更多變化，風味更加迷人。

凌煙的玻璃肉麻油麵線，採用一般松阪豬，部位是豬頸。由於油花多，處理不易，加上數量少，彌足珍貴，因此又有「黃金六兩肉」之稱，價格與一般豬的部位相比，也貴上不少，其口感的爽脆與細膩，讓人欲罷不能。

這一道料理，嚐起來有麻油的香濃、麵線的柔滑、玻璃肉的爽脆；視覺上，麻油的黃與麵線的白，加上時蔬的多彩，端出來令人食指大動，無法抗拒。

人生味，辣中帶甜：

剝皮辣椒雞湯

作者　**林立青**

本名林亞靖，一九八五年生，畢業於東南科技大學進修部土木工程系。著有《做工的人》，這是第一本由現場視角為工地師傅的尊嚴發聲之作，甫出版便登上各大暢銷排行榜，引發各界熱切討論與持續關注，榮獲二〇一七金石堂「十大影響力好書」、二〇一七Openbook好書獎「美好生活書」，以及二〇一七誠品書店閱讀職人大賞「最想賣」、「年度最期待在地作家」。並售出簡體中文版，為新浪好書榜、中華讀書報好書榜等暢銷好書。二〇一八年出版第二本著作《如此人生》。

這是一道克難的料理，簡單粗暴，直接有效。

我出社會的時間點正是台灣工人最不值錢的時候，那是一個悲劇般的時代，父執輩眼中口中過去製造出經濟奇蹟的製造業大量外移，國家重大建設採用大量移工來壓低成本。當兵前我拿到的薪水是兩萬八，退伍後金融風暴，滿地都是22K的徵才，整個世代自稱是低薪鬼島。

那是個勞工不值錢，人命不值錢的時代。

比我更慘的是那些已經投身多年的工人，已經有半生的歲月踏入而轉行不易，只能低價競爭自我剝削，美其名是當老闆承包，但是當發包的價格過低時，工作時間只會更長，拿到的錢更少，我是領月薪的監工，從來沒有領過加班費，苦是苦了點，可是怎麼樣都不至於做到賠錢，有時拿到工作以為可以鹹魚翻身，甚至去貸款表現出誠意承接，結果是賠到血本無歸，為別人免費打了工，回過頭來怨嘆自己誤把陷阱當拉拔。

我是沒有家世背景的監工，在現場縱使有專業也沒法改變大環境的現實，那些白紙

重油重鹹混著吃下去飽了，
多大的情緒和壓力也就緩了。

黑字寫的規範只會變成酷吏，被惡狠狠的咒罵。只能用更多心思去注意，去提醒，去預判可能出錯的環節和問題，然後把自己定在工作現場，抽不了身，變相的自我壓榨，那時候還不知道慣老闆三個字，只知道培養奴性。

也是在那個時候，我開始學會在工地裡煮些東西，不是出於樂意，而是出於無奈，我們常厭膩了工地便當，戲稱那些包來的公司湯為洗鍋水，可是工地的便當也有溫馨之處，有時候會多了幾包白飯，是自助餐店的人特別送來工地時一定會加飯的，隨之而來的還有辣醬油和菜脯，燒臘店則包來蔥油，重油重鹹混著吃下去飽了，多大的情緒和壓力也就緩了。

能夠抱怨餐點都算得上幸福，當工地更加偏遠，像是修築棧道或在產業道路的時候，就需要野炊了，幾乎每個工班都知道俗稱瓦斯噴燈的火雞和卡式爐，加上泡麵和四公升一桶的桶裝水，碗麵加科學麵，偶爾還有罐頭撐過，如果待上一整天，那就需要時時煮開熱水，泡咖啡、熱茶，如果遇上的是冬季的寒流又降雨時，就

必須準備熱湯。

我的剝皮辣椒雞湯，正是在這種時候派上用場，這道湯本來是我母親在冬季時特別會煮的料理，驅寒取暖，喝一碗後便覺幸福想睡，媽媽在市場擺攤，她的剝皮辣椒雞湯是選土雞腿切塊後洗淨煮的，我和妹妹戲稱棒棒腿切塊的部分叫做圈圈肉，久煮不爛好吃極了，做法也簡單，只需要鍋子內水過雞肉，倒入剝皮辣椒罐頭即可。

當這鍋湯交到我手上後，就成了另一道克難料理，不再只是煮給家人吃了，多數時候用在連續出外工作，共同點是又濕又冷又遠又需要住宿在外，既要安撫這些工作人員遠道辛勞，又要顧及到交通動線和工作任務。

我自有一套奇特的料理法，尤其在遠離家鄉的時候，顯出生活技巧，那些中午沒吃完的白飯，會集中放在陰涼處甚至冰桶之中，回到宿舍前買上一盒雞蛋，幾包康寶濃湯——官方建議兩顆蛋，整盒蛋打下去後，把中午剩的飯也倒進去，直接做成燴飯吞了吃。出外版的剝皮辣椒雞湯無法保證買到新鮮雞肉，更多時候我

們是在沿路的超商隨手挑了火鍋料，配著冷凍雞肉，整天用小火燉煮，隨時等著工地現場那些體力透支，手腳冰冷的夥伴歇息，他們有時得知要出外，也會帶上貢丸、金針菇等簡單菜色，有時候現採了山邊的野菜，隨手買上山的玉米都能入鍋，幾次業主看到我們煮湯，我都正色以對：這比喝酒好，也比酒更有味道，甚至把酒倒進去以去腥提味，更甜更辣更香也更暖。

老師傅們告訴我，工程師入行像是倒吃甘蔗，會越來越甜，我在幾次帶著工班遠離家鄉的時候，完全沒有感受到倒吃甘蔗，只有喝雞湯的時候才覺得辣中帶甜，好像那些辛苦委屈和無奈，都在一鍋湯裡了。

這鍋湯慢慢長出了自己的樣子，跟著不同的團隊時，會有不同的面貌和口味，像是火鍋料大幅增加的，丟入芋頭南瓜的，一次放入數種丸子或數種菇類的，拿來涮肉片的，煮冬粉麵條的，好像怎麼看都覺得奇怪，又怎麼吃下去的時候，都感受到理所當然，在那個偏遠的工寮或是寒流中的山區涼亭，點著防風瓦斯爐，和

好像那些辛苦委屈和無奈，

都在一鍋湯裡了。

多數為男性的工作夥伴們燉煮著，總之是買了什麼就加入什麼，甚至有過在公路旁遇上賣菜車，突然加入一整隻雞。和我管工地一樣，計畫總是趕不上變化，排好的工作總是會遇上蹺班的，找理由沒來的，放管的甚至一直喊著車壞掉的。當公司和主管無法處理現場的狀況時，就要靠我們這些監工的人脈，是否能夠臨時叫來工人幫忙搶著進度和收尾。

我習慣多帶幾罐剝皮辣椒，那醃過的醬汁如同那些老師傅一樣，是絕佳的湯底也帶來最基本的安全感，剝皮辣椒既可以咬來發熱驅寒，可以充當整個團隊最後的靠山，又可以燉煮後增加辣度甜度，一鍋不會壞且重口味的雜煮便能讓所有人安心，配上麵包剩飯是一餐，煮起冬粉麵條也是一餐，豆腐豆皮滾了也能當一餐，把湯底全部都吃掉當然也是一餐。我的湯和我的手機通訊錄一樣，開始臨機應變，用一鍋一鍋湯拉攏人脈，也用一鍋一鍋湯認識新的朋友。

如今，在我煮起這鍋湯的時候，已經慣性的會加入金針菇和貢丸，我也從沒有選擇工作的小監工，慢慢有了決

定權，甚至創業後，還是找來以前那些在工地現場的朋友，笑鬧著當年知道要到海邊工作一個月掙扎著要不要辭職，在山區時只能單線管制，各種工作時期的委屈和憤怒，當時都要藉著那鍋熱湯緩解的，現在則是要在同一鍋湯裡面才緩緩道來。

那時候的我只能逐工地而居，和一群不知道未來在哪裡的工人一起喝著熱湯，躲在鋪著紙箱和薄床墊的工寮之中，圍著卡式爐嘆息，那也是最拉近距離的時候，大家喝湯的時候看著各種工具設備材料的進步，討論起未來的趨勢，我永遠記得海伯建議我要在四十歲前停止替人打工，遠離那一個月只有固定幾萬元薪水的生活，要為自己拚，「不管什麼工人你都能用，就該創業了」，他那時候看著我說：「和這鍋湯一樣。」

隨著煮湯的次數增加，我說的話越來越多，掌握的權力知識越來越大，工班也越來越熟悉信任，慢慢成為團隊，十多年過去以後，這些喝湯的夥伴現在還會聚在一起，我已經創業，這些當年一起喝湯的老師傅們已經退休，還年輕的夥

伴們，也紛紛撐過了勞動力最輕賤的時候。

有時候我會帶上整罐的剝皮辣椒，自己煮湯，有時候則是直接找一間餐廳，當然是有剝皮辣椒雞湯的，我們可以聊得更多。

我們喝的不只是湯。

林立青的剝皮辣椒雞湯，是與媽媽學習的手路菜。以花蓮精選的剝皮辣椒罐頭去燉煮，加上一點米酒與當地時蔬、新鮮雞肉。裡頭也加入林立青推薦工地必備的豬雞肉混和貢丸，超級好吃！

想念遠方的滋味：

川式椒麻雞

作者 **馬世芳**

廣播人，作家，電視節目主持人。曾獲六座廣播金鐘獎。著有散文集《地下鄉愁藍調》、《昨日書》、《耳朵借我》、《歌物件》、《也好吃》。曾獲聯合報讀書人年度最佳書獎、中國時報開卷好書獎等。主編《巴布．狄倫歌詩集》、《台灣流行音樂200最佳專輯》、《民歌四十時空地圖》等書。曾以公視《音樂萬萬歲第四號作品》獲提名電視金鐘獎最佳綜藝節目主持人。

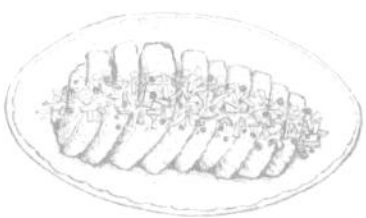

我居然做了川式椒麻雞，居然還把這道菜教給了紀州庵茶館，變成「作家私房菜」常駐名單，這是從前完全不可想像的事。

小時候我是完全不能吃辣的。蘸過紅燒牛肉麵湯的筷子再夾了清燉的麵到我碗裡，我就拒吃。很早就知道，凡是別人說「這個不會很辣」的菜一定不能碰。多年來，所有標榜麻辣的食物一律不沾，偶爾不得已陪大家吃麻辣鍋，當然只挾白鍋那半邊。

不過人的舌頭隨年紀變化，不知什麼時候開始，居然也可以吃點兒辣了，紅燒牛肉麵漸可入口，甚至紅豔豔的麻辣鍋、宮保雞丁、水煮牛肉，也可以挾來吃幾口了。當然，吃完必大汗淋漓，所以赴餐之前會記得帶條手帕。

這幾年下廚機會多了，也偶爾會切點兒辣椒、淋點兒辣油入鍋，還居然研究起正宗四川麻婆豆腐的做法。一旦做出了接近正宗的味道，從此上癮，多費一兩條手帕而已。

不過，川式椒麻雞倒是一點兒都不辣，那個椒是花椒，不是辣椒。是麻，不是辣。

許多人包括我，對川菜的印象就是一個辣字，豈知正統川菜多半

台灣也買得到頗優的大紅袍、青藤椒，
香氣逼人，麻勁衝腦。

不辣，調味手法依基本材料和烹調方式分為許多味型，每種味型又有許多細緻變化，其道深矣。堪稱川菜靈魂的兩大基礎食材，是花椒和菜籽油。這兩個東西，得要終於親自去過成都，吃過了，才有實在的體會。這得謝謝「廚房裡的人類學家」莊祖宜，若無她牽成，我大概是入不了川菜的門，體會不了花椒和菜籽油之深奧的。

祖宜夫婿是外交官，有一段時間派駐四川成都美國總領事館，正好讓她深入川菜心臟，趁機深造。每次看祖宜臉書，家宴又有哪些好料款待客人，就暗想哪天若能蹭一頓飯，於願足矣。二〇一八年，這個願望居然實現，我去吃了一頓祖宜的家宴。問清楚了椒麻醬的做法，似乎不難，回到台北，便捲起袖子做椒麻雞了。

花椒古已有之，《詩經》就提過的。不像辣椒，明末才傳到中國。之前只知道滷牛腱煮紅燒豬蹄放一把花椒添香，卻不會咬來吃。後來學做正宗麻婆豆腐，乃知道最後一把花椒粉必不可少。從前超市花椒都乾乾黑黑，以為該當如此，現在台灣也買得到頗優的大紅袍、青藤椒，香氣逼人，麻勁衝腦。一時若用不完，密封凍在冰庫，香味揮發得慢一些，可以保鮮。

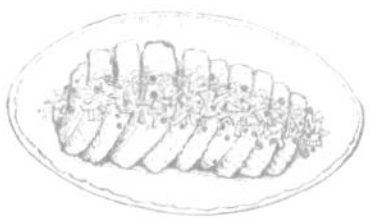

四川所謂清油，就是菜籽油。金黃色，透澄有奇香，和我們的菜籽油完全兩回事。如今台灣已有人引進優質四川菜籽油，上網就買得到，當時可沒這麼方便。成都朋友幫我張羅了一大瓶菜籽油託運帶回台北，夠我用一整年。再備齊郫縣豆瓣、漢源花椒，料理麻婆豆腐、椒麻雞、燒椒皮蛋，都能更上一層樓。

川式椒麻雞和坊間常見的泰式椒麻雞不一樣。後者是雞腿排裹麵油炸切片，淋上混合紅辣椒和辛香料的甜酸醬。川式做法不用辣椒，只用花椒、青蔥、菜籽油。雞腿肉用蒸的，免油炸，很適合在家料理。我做過好幾次招待朋友，都說好吃，沒吃過這樣的味道。

在剝皮寮一場藝文活動遇到《文訊》封德屏大姊，她看我在臉書寫食譜，邀我替紀州庵茶館「作家私房菜」出一道菜。我當場想到在祖宜家吃到的椒麻雞：材料易得，成本好控制，做法簡單，不受季節影響，冷天熱天、配茶配酒都合適。雖是家常菜，卻不是大家熟悉的口味，有新鮮感。於是去了紀州庵廚房，試做一回。封姊吃了，很動感情地說：哎呀這道菜勾起了她的鄉愁，原來她的父母分別來自四川和廣東，這道菜既有川菜的花椒，又有廣式蔥油雞的聯想，竟結合了

她記憶中雙親手底的味道——那天，封姊把剩下的花椒蔥油都打包回家拌麵了。

隔了一段時間，回去試吃他們做的版本，確認口味。大廚非常用心，買到了很好的青藤椒和大紅袍花椒，每個步驟也都問得詳詳細細。其實我做家常菜沒那麼講究，每次做出來味道也未必都一樣。但餐廳上菜必須標準化，業餘和專業的差別，就在這裡。

椒麻雞的關鍵食材，其實不是雞。並不需要特別講究的仿土雞，超市兩片一包的去骨雞腿排就很可以了。真正的關鍵是椒麻，也就是蔥油和花椒的淋醬。

雞腿肉正反面抹鹽，鹽不可省，蒸過才入味。取稍有深度的盤子，雞腿皮朝上，扔幾粒花椒，進電鍋，外鍋一杯半至兩杯水，蒸至全熟（講究的，滾水加鹽，入薑蔥花椒煮帶骨雞腿，但我覺得去骨清腿蒸蒸就很好了）。

備冰水一盆，雞肉蒸熟取出，過冰水使肉質收縮，取出拭乾。蒸雞湯水珍貴，留著做調料。

再做椒麻（花椒蔥油醬）：蔥綠一把切細末（越細越好），與花

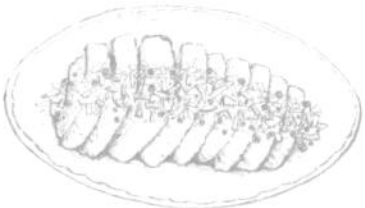

忘不了「那些遙遠的地方、見不到的人、想念的味道」。

椒碎齊置碗中。小鍋熱菜籽油，至筷尖接觸會冒泡泡的程度，唰拉淋到碗中，與蔥綠花椒一齊拌勻。找個大碗，滾油才不會溢出來。

舀一點蒸雞的湯水加進花椒蔥油，下點鹽，淋麻油少許，拌勻。雞腿肉切適口大小盛盤，淋上調醬，即可出菜。

做這道菜幾乎不可能失敗，只要記得蔥綠剁細，油要熱。沙拉油、橄欖油也一樣做，總不如菜籽油正確。以前台灣極難買到四川菜籽油，最近有人正式引進，總算能做出川菜正味了。

紀州庵套餐搭配主菜的涼拌白蘿蔔絲，是我家過年一定會做的涼菜：白蘿蔔削皮，銼細絲，加鹽靜置，擠去汁水，撒蔥花一大把，二砂一大匙，熱油少許，唰啦一聲淋上，拌勻即成。這道小菜和椒麻雞是絕配，也呼應封姊的鄉愁，保留了我的一份家庭記憶。

二〇二〇大疫之年，祖宜一家在美中關係急轉直下的時刻捲入風暴。中國關閉美國成都總領事館，祖宜獨自帶兩個孩子倉皇赴美，並承受鋪天蓋地的「網暴」攻擊，她自謂「一度心灰意冷，失去了對生活的熱情」。

幸好，廚房的勞動，讓祖宜能夠放空、歸零、慢慢療癒，在亂世

中撐住生活。對她來說，天已經塌過了。二〇二二年她出版《餐桌上的人間田野》，記敘的就是這段時間「煉石補天」的心得。

席捲時代的災厄讓許多事情變了味，難免有不堪回首之歎。但我每一聞到四川菜籽油那無可比擬的香氣，仍會想起那趟成都之旅。大夥酒足飯飽，一起彈唱崔健〈快讓我在這雪地上撒點兒野〉、唱李雙澤〈美麗島〉……，我和祖宜一樣，忘不了「那些遙遠的地方、見不到的人、想念的味道」。

這道川式椒麻雞，特別選用來自四川的大紅袍花椒及青花椒粒用獨特比例調和。

馬世芳老師形容川式椒麻雞像非典型爵士樂——咆勃爵士樂（Bebop Jazz），有典型爵士樂的自由，卻沒有爵士樂的慵懶，如同川式椒麻雞沒有川菜的重油重辣，但帶有川菜的麻與香，這種非典型所碰撞出的味道，總是讓人眼睛為之一亮。

紀念李永平：白胡椒豬肚湯

特別介紹

李永平

一九四七年生於英屬婆羅洲砂拉越古晉市，二〇一七年病逝台灣淡水馬偕醫院。一九六七年來台就學，台灣大學外文系畢業後，留系擔任助教，並任《中外文學》雜誌執行編輯。後赴美深造，獲美國紐約州立大學比較文學碩士、聖路易華盛頓大學比較文學博士。曾任教中山大學外文系、東吳大學英文系、東華大學英美語文學系創作與英語文學研究所。著有《婆羅洲之子》、《拉子婦》、《吉陵春秋》、《海東青》、《朱鴒漫遊仙境》、「月河三部曲」（《雨雪霏霏》、《大河盡頭》、《朱鴒書》）、《新俠女圖》（遺作）等長、中、短篇小說。同時譯有《上帝的指紋》、《紙牌的秘密》、《大河灣》、《幽黯國度》等二十餘部。曾獲二十世紀中文小說一百強、中國時報文學推薦獎、聯合報小說獎、聯合報讀書人年度最佳書獎、中國時報開卷十大好書、亞洲週刊全球十大中文小說、紅樓夢獎決審團獎、台北書展大獎、金鼎獎、鳳凰網中國十大好書獎、廣東中山杯全球華人文學獎大獎、國家文藝獎、全球華文文學星雲獎貢獻獎、台大傑出校友等。

作者

封德屏

（簡介參閱第8頁）

一個床墊，一張書桌，幾排書架，
這裡就是他棲息、創作，作品不斷產生的基地。

「只要心能跳，就會有小說」，李永平說的這句話，確實是他一生創作真實的寫照。

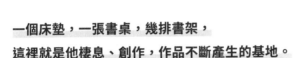

二〇一五年李永平獲得國家文藝獎，這是對他四十年文學成就的至高肯定，也是馬華背景的創作人在台灣獲得的最重要文學獎項。二〇一六年九月，李永平獲聘新加坡南洋理工大學駐校作家，十一月獲頒台大傑出校友獎，十二月獲頒全球華文文學星雲貢獻獎，這些獎項及榮譽接踵而來，似乎在犒賞這些年來永平耽溺於自己的創作世界，不斷書寫小說的報償及安慰。

事實上，在陸續得獎和遠至新加坡南洋理工大學擔任駐校作家的同時，永平的健康已亮起了紅燈。二〇一七年五月中，得知永平住院，未及探病他已出院，但病情不樂觀。幾位朋友約了一起去淡水看他，爬上斜坡，到他不足十坪的住屋。上了樓，一個床墊，一張書桌，幾排書架，這裡就是他棲息、創作，作品不斷產生的基地。指著窗外的淡水河、觀音山，他說：「這就是我最喜歡、最愜意的創作環境了！」大夥擔心他的病況，又無人照顧，他卻興奮地說，正在創作

生平第一本武俠小說，書名都想好了，已寫好三分之一，七萬多字，他擔心寫不完……。

我聽了內心劇烈衝擊，想著：此時也唯有創作能讓他轉移及舒緩病痛。於是當下和他約定，《文訊》八月號開始刊登他的武俠小說，每期二萬餘字，分八、九、十月，三期刊完，三個月後後續的稿子應該也寫好了，十一月就可以接著順利刊出。

但不到兩週，他再度急診入院，原本的醫院束手無策，轉院，一連串檢驗，動了最專業醫生認為危險性極大的救命手術，以及數個修補性的重要手術，幾度出入加護病房。這些肉體痛苦及精神煎熬，一般人幾乎都已無法承受，李永平卻出人意表的勇敢與鎮定。住院開刀前，他心心繫念的是書桌上完成的手稿，還有整理好的像〇〇七隨身的黑色提包，裡面是他寫作的家當：筆記、草稿、稿紙。

等待檢驗、診療、手術的任何空檔，永平拿出我們為他準備的硬夾板，放上稿紙，沉思寫作。幾次去看他，午後病房靜謐，進食的橫板搭在床上變成寫字檯，整個人融入創

作，完全不知有人進出。在加護病房呼吸道剛拔管，他一開口就索求紙筆寫稿，回普通病房更是如魚得水，隨時寫作、修稿，似乎全然忘卻病體的折磨、傷口的疼痛。動過數千個手術的梁醫師說，李永平是他看過最堅強的病人。

二〇一七年八月一日，《新俠女圖》在《文訊》首刊近三萬字，九月一日《文訊》接著刊出兩萬多字，永平高興極了。但此刻他正面對嚴峻考驗，在與病魔纏鬥，與時間競賽。

二〇一七年九月九日，紀州庵新館與麥田出版共同舉辦李永平代表作《月河三部曲》套書發表會。永平抱病親自出席，好友們為他即將來臨的七十歲生日，獻上誠摯的祝福。一個小時後，永平感覺身體不適，赴台大醫院急診，當晚出院。九月十一日，永平再赴台大醫院，接受第一次術後化療。無奈化療後原本孱弱的心臟及器官急遽惡化，於九月二十二日敗血症引發多重器官衰竭，病逝於淡水馬偕醫院。遠從砂拉越古晉緊急前來奔喪的永平的弟、妹、侄子，因不能久留，同仁和我迅即協助他

們料理永平的身後事。辦完告別式，遺體火化，家人和幾位朋友租了一艘遊艇，將永平骨灰灑向淡水河出海口，希望永平能沿著海水，流回砂拉越河，回到古晉。

像一場不真實的夢，快速換景，幾乎沒有時間喘息。一切靜止後，才發現永平真的走了，離開我們了，那一刻才真正體會永別的傷心。

二〇一九年八月，李有成、張錦忠、張貴興、高嘉謙、黃英哲和我，有機會結伴走一趟砂拉越古晉之行。期待又有些傷感，這趟旅程，我也想一探，究竟是怎樣的水土，能孕育出這樣的李永平？

在永平的弟弟妹妹及當地好友的安排下，我們走訪永平讀過的四所小學、一所中學，在他父親當年買下馬當山畔的胡椒園中流連。永平妹妹淑華憶起歡樂中夾雜著悲傷的童年。買下胡椒園不久，戰爭結束，軍隊撤離，商家關門。整個山谷可收成的胡椒無人問津，豔紅的果實熟爛掉落；之後，永平的父親又投資設立肥皂工廠，後來也因父親車禍重傷臥床，很快關閉。家境自此極度困窘，而父親唯一心願仍

是讓永平繼續求學。

離開這個昔時永平家人傷心地的胡椒園，回頭看到蔚藍天空下的馬當山，心頭一震，這不就是永平窩居、俯首寫作的淡水小樓，從書房窗戶望出去，同樣景致的觀音山？

晚上和永平的兄姊弟妹見面，憨厚靦腆，隱約都有永平的影子。永平是全家人的希望，大他一歲的姊姊，小她兩歲的妹妹，從小就崇拜他，成為大小跟班，闖蕩探險、讀武俠小說，唯永平馬首是瞻。

我們也尋訪了《吉陵春秋》中的萬福巷、印度街，品嚐了永平喜愛的粿仔條，夜晚沿著砂拉越河散步，想著永平二十歲離家，去鄉半世紀，一路的艱辛與困頓，一路的甜美與榮耀。

告別古晉，告別永平的家人，心中留存了對永平更豐富、更深刻的回憶，也對這片孕育他的山川，充滿了感激。

幾次永平的弟、妹來台，送幾位朋友和我的伴手禮，都是白胡椒粒及白胡椒粉，因為胡椒是砂拉越、古晉的特產。詢問要怎麼料理白胡椒，永平的弟、妹告訴我們，把白胡椒粒和豬肚一起煲湯，就十分美

永平專注寫作，全力以赴。
其人、其文，渾然一體。

味了。

為了紀念永平這位用生命創作的好友，我在紀州庵推出這一道「胡椒豬肚湯」，除了白胡椒、豬肚外，還添加了豬小排，用中小火慢慢燉，直到湯汁熬成乳白色，加少許鹽，不需加酒，就有香氣撲鼻。在沁涼微寒的秋、冬，喝上一碗，補氣、養胃又暖心。

永平專注寫作，全力以赴。其人、其文，有情有義，有聲有色，渾然一體。

胡椒園，是永平永遠的鄉愁。質樸無華的胡椒，微辣中帶甘，讓人回味低盪，餘韻悠長，正如永平給人的形象：真誠、熱情，充滿生命力、想像力，卻又低調、內斂，不顯眼、不張揚；但終究才華橫溢，蘊藏豐富，難掩熠熠光芒。

「只要心能跳，就會有小說。」作家李永平說的這句話，確實是他一生創作真實的寫照。

幾次永平的家人來台，送的伴手禮都是白胡椒粒及白胡椒粉，並告紀州庵將白胡椒粒和豬肚一起煲湯，就十分美味了。

胡椒園，是李永平童年遊玩的地方。胡椒辣中帶甘的滋味，更是紀念永平最鮮明的記憶。

我媽姓謝，名若君：

南洋咖哩雞

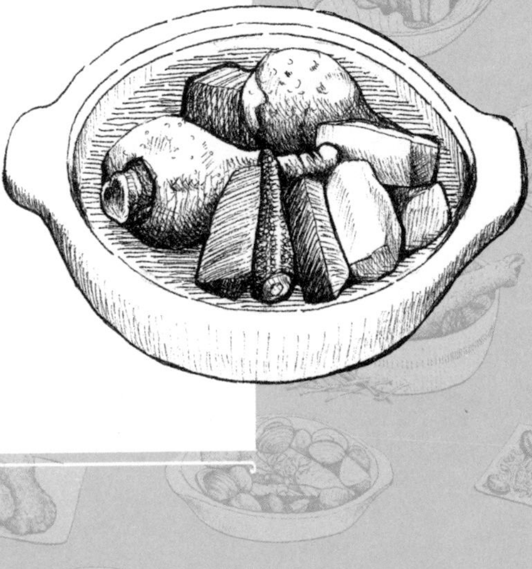

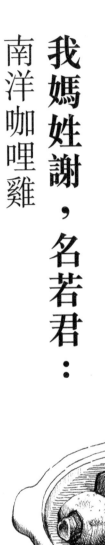

作者

蔡明亮

出生於馬來西亞砂拉越的台灣電影導演，其電影在國內外各大重要影展獲得重大獎項，是在國際間享有高知名度的電影作者，為台灣電影代表人物之一。曾在歐洲三大國際影展獲得多個重要獎項，包括以《愛情萬歲》（一九九四）與《郊遊》（二〇一三）於威尼斯影展分別獲得金獅獎與評審團大獎，以《河流》（一九九七）於柏林影展獲得銀熊獎、《日子》（二〇二〇）獲得泰迪熊獎評審團獎，《臉》（二〇〇九）成為羅浮宮首度典藏電影，創下藝術電影的標竿與典範。至今十一部劇情長片作品，共四度入圍威尼斯影展、三度入圍坎城影展、三度入圍柏林影展、八度入圍金馬獎最佳導演。

每次回古晉老家，跟親友聊到我媽，大家總是讚嘆她的廚藝。小時候幫我洗澡、餵我吃飯的鄰居大姊姊大珠，現在也快八十歲了，她說：「你們家有很多做點心的傢俬，都是你媽買的，你看她那麼節省，倒是很捨得在這上頭花錢。」

這使我想起，從前過年時，媽媽帶著一家大小在客廳烘焙雞蛋糕的情景。有時大珠也在場幫忙，一個洗衣服用的大鐵桶，裝了調開的蛋麵糊，用一個木製把手彈簧狀的鐵器撥打麵糊。因為不能間斷，所以大人小孩輪番上陣，至到麵糊打發為止，再把麵糊勺進鐵鑄的模具，蓋緊，用碳火烘烤，不久，一顆顆像花朵大小的雞蛋糕就烘好了，香氣四溢。

我媽姓謝，名若君，我爸喚她阿君，朋友也喚她阿君。

我外公叫謝錦勝，廣州人，在他那個苦難的年代，跟著移民潮去到香港，那時只有十三歲的他，就在街邊學賣麵。因為個子小，就站在小板凳上煮麵。後來，又乘船移向南洋，在婆羅洲一個叫砂拉卓的河口小鎮落腳，開了麵檔，娶了我外婆；外婆叫楊麗華，生了我媽，我媽三歲時她又生了我舅，我舅還沒滿月，外婆就瘋了，聽說被人下

了降頭，每到半夜就會燒著香上街又哭又拜，要外公去把她尋回來。有一天，竟然往我媽的嘴裡塞竈頭下的灰燼，幸好被外公發現。不久，外婆就過世了，外公頓時感覺房子裡陰氣森森，一時發慌，抱起小嬰兒，拉著女兒，連夜搭船，順著河逃往古晉。後來就有人說，古晉有名的街邊美食哥羅麵（乾撈的諧音）就是外公第一個帶進來的。

這是我媽講給我聽的故事，她就是那個差點被自己母親餵灰燼噎死的小女孩，長大後非常好吃。我媽小學沒念完就開始跟著外公賣麵，切蔥、切辣椒、炸蒜頭豬油、包餛飩，這些準備工夫都是她白天的活，晚上還要到麵檔幫忙端盤洗碗；外公給她搭公車到麵檔的錢她從來不用，提前出門，用走的，省下來的錢都是買吃的，吃到好吃的，就學著自己做。「這樣省很多錢。」她說。我的記憶裡，小時候廚房的廚櫃，總是藏著媽媽做的糕點，有一次被我發現了用白紙包著的，一條深褐色條狀的東西，其貌不揚，偷偷切下一小片往嘴裡送，那味道卻好極了，那是媽媽做的榴槤糕，比起外面買的不知好吃多少倍，忍不住又多偷吃了幾口。

我爸是我外公的徒弟，也是賣麵的，我媽嫁後的生活，起初也沒

有什麼好吃的，她總是把最好的一份留給我。

什麼改變，開檔前爸爸要擀麵，其他的備料都是媽媽做，晚上照樣要到麵檔去幫忙。後來爸爸存了一筆錢，在鄉下買了一塊地，種胡椒、養鷄生蛋，開起了農場，一邊還在賣麵，但媽媽就不跟去麵檔了，原本要備料的活也請了工人幫忙，她只負責包餛飩，分出了大部分的精力照顧孩子跟農事。媽媽既勤快又手腳俐落，養雞養鴨還養鵝，也種香蕉、玉米、紅毛丹、人參果……不久，農地就長出像牛角般大的香蕉，熟黃的牛角蕉可蒸也可裹麵粉炸，酸酸甜甜的，好好吃；她也會去挖野生的木薯，搗爛加椰奶，蒸成香香ＱＱ的木薯糕。我爸是客家人，喜歡吃擂茶，煮擂茶要用到許多野菜，媽媽就鑽進野地裡去找，也總是讓她找到，她煮出來的擂茶比客家人還道地。

這段期間，我們家簡直像美食天堂，一有空，媽媽就做吃的，各種糕點輪番出爐：九層糕、白糖糕、馬蹄糕、煎堆；還有從阿嬤那學來的客家菜粄，要不就是各種甜湯：紅豆湯、綠豆爽、椰漿黑米、摩摩喳喳……沒有她不會做的，每一樣都很好吃。我爸晚上收檔回家有一習慣，喜歡吃炒花生配黑狗啤（健力士），媽媽時不時就要炒花生裝在美祿罐裡，那罐花生也是我們小孩平時的零食。

我們家簡直像美食天堂。

我家飯桌上的菜也很有特色，爸爸喜歡吃鹹魚，媽媽就用鹹魚燜豆腐，用鹹魚炒三層肉，非常下飯。有一道用鹹魚做的菜，我猜是媽媽發明的，因為賣麵要用到豬油，所以媽媽平日就要炸豬油，炸剩下的豬油渣，她就會把大蒜、梅香鹹魚和豬油渣，按比例一起剁碎混合，再放入鍋裡去炒，利用豬油渣的油脂，炒出一道色澤金黃的醬料，我們用它配飯拌粥，非常甘香可口，媽媽知道我最愛這味菜，她生前只要我回家，就專程為我炸豬油，取其渣做這道鹹魚豬油渣，甚至裝到玻璃罐裡，讓我打包出國。

咖哩雞也是她的拿手菜，常煮。煮咖哩的馬鈴薯要先炸過，才不會一下子就化掉，她說；爆香薑碎蒜末，轉小火炒咖哩粉，這樣咖哩才不會苦。從她告訴我這些煮菜的邏輯看來，我媽媽是絕頂聰明又有天分的。她的咖哩跟別人不同，她加了很多蔬菜，蔬菜要選那些耐煮的，又不會太搶味的，比如玉米筍、長豆、茄子，煮出來的咖哩雞別有一番風味。還有一般的咖哩會辣，我家的咖哩不辣，因為媽媽知道我從小就不會吃辣，所以我家的菜從不放辣椒。

我們家有七個小孩，我排行老三，弟弟出世後家裡忙不過來，把

三歲的我送去外公家，到我十二歲才回到媽媽身邊。也不知道為什麼，我總覺得媽媽特別向著我，偏心我，有什麼好吃的，她總是把最好的一份留給我。我曾經有一段時期很愛吃雞肝，每當家裡有殺雞，她總是把蒸熟的雞肝整顆拿給我吃；還有一次很深的印象，她種了一片玉米田，收成的時候，才發現每株玉米都長得不太好，大部分的玉米粒都是稀稀落落的，一大鍋玉米煮熟後，就看媽媽在鍋裡東挑西找，挑出一根最多玉米粒的就遞給了我。後來，我每次在國外，坐火車經過鄉村，看到玉米田，我總會一直望著，我想起媽媽，想起她的玉米田。

「南洋咖哩雞」源於大馬砂拉越古晉的味道，醇厚溫和的咖哩以及豐富的蔬菜，都代表蔡明亮導演與母親的回憶。用餐之後，蔡明亮導演也推薦飯後甜點「白糖糕」還有另一招牌「蔡李陸咖啡」，這都是蔡明亮導演的嚴選美食。

滿滿懷念：
牛郎義大利麵、啤酒鴨

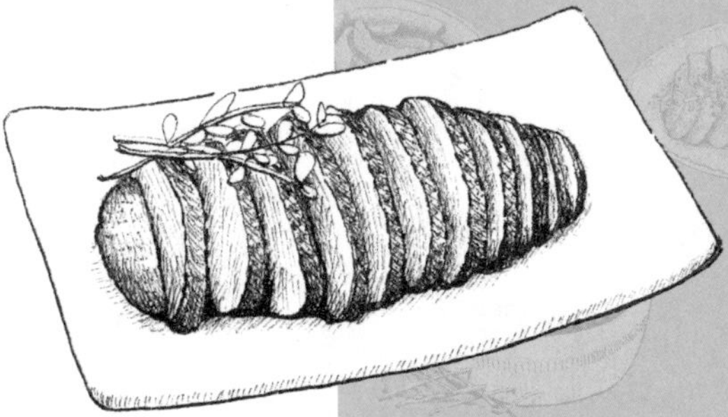

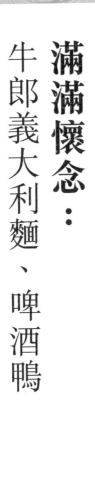

作者 **焦桐**

二魚文化出版公司、《飲食》雜誌創辦人。一九五六年生於高雄市，曾習戲劇和電影，編、導過話劇於台北公演，已出版著作包括散文集《暴食江湖》、《味道福爾摩莎》、《蔬果歲時記》、《為小情人做早餐》、《慢食天下》，和詩集《完全壯陽食譜》、《青春標本》等三十餘種，編有年度飲食文選、年度詩選、年度小說選、年度散文選及各種主題文選五十餘種。曾任中央大學教授，退休後專事寫作。

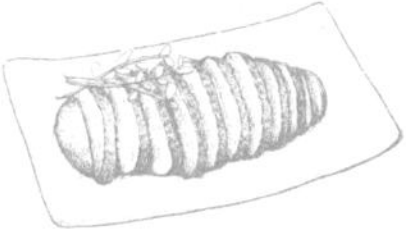

牛郎義大利麵

從前，秀麗常做肉醬義大利麵給女兒吃，煮好的麵條，撈起，淋上超市買的肉醬，暗紅的罐頭肉醬淋在麵條上，有一種巧言令色、世故的表情。我不喜那種罐頭味，都淺嚐即止，可那味道參與了女兒的童年。

義大利麵（pasta）在台灣，大概是經營義大利餐館門檻最低的料理：麵條下鍋煮熟，拌上醬汁即算搞定。台北街頭常見平價義大利麵，宣稱快速上餐，銅板價格，卻是台味十足。

義大利麵形狀非常多，超過一百三十種，台灣最常見的是直管麵條（Spaghetti），細長圓形，乃南義特產，中部的波隆納只產以小麥、雞蛋製成的新鮮麵條。通心粉（Macaroni）的故鄉則是那不勒斯，家家戶戶餐桌上的主食。此外，螺管麵（Rotini）、扇貝麵（Medium Shells）、天使麵（Angel Hair）、斜管麵（Penne）、蝴蝶結麵（Bow Ties）、字母麵（Alphabets）、千層麵（Lasagne）也不罕見。

千層麵是一層麵一層餡焗製，或者用來包義式餛飩。通心粉須短於四公分，那不勒

須得有牛郎特性的食材隱喻，要能強力刺激唾液分泌，全面召喚飢餓感，召喚活力，召喚渴望。

斯是通心粉的故鄉，當地人吃通心粉方法有上千種。大仲馬雖然討厭吃通心粉，還曾經四處訪求食譜；一位廚藝家告訴他，美味的祕訣是加入肉凍——用牛臀肉、熏火腿、番茄、白洋蔥、百里香、月桂葉、歐芹、大蒜熬煮三小時收濃。

義大利麵中，我尤其鍾愛墨魚麵，烏黑油亮的麵條，散發出特殊的氣味。這種麵的烹煮很簡單：先燙熟墨魚、麵條，蒜片、辣椒丁在橄欖油裡爆香，淋入墨魚汁，溫柔覆蓋，以文火煮至醬汁濃稠，放入墨魚、麵條，快速翻炒即成。

墨魚麵宜獨自享用，才能痛快；尤其不適合跟愛侶共享，否則唇齒沾滿墨魚汁，開口講話不甚雅觀。吃墨魚麵時能領悟，談情說愛不免講究觀瞻與形象，很遺憾，愛情往往牽涉外表，殊少注意內在。

村上龍小說〈墨魚汁義大利麵〉中形容「那種黑色醬汁凝聚了海洋的芳香」，說巴黎某餐廳的菜單上叫「作家義大利麵」，意謂墨魚汁很像作家使用的黑墨水。

我歡喜寬麵條。常聽一首義大利歌〈華娜奶奶的寬麵條〉

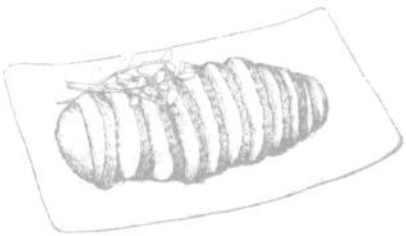

（Le tagliatelle di nonna Pina），Antoniano兒童合唱團表演得十分精采，活潑，天真，趣味，尤其那個缺了門牙的主唱，超萌：華娜奶奶的寬麵條，在餐桌上引起轟動；拌了番茄、肉末滷汁，充滿能量和維生素，足以從沉重的課業中振作起來。

光陰很魔幻，一眨眼阿雙已小學畢業，就讀金華國中，秀麗已到了癌末。

現在的護理都是努力減輕秀麗的疼痛。她面對即將來臨的死亡是什麼感受？她那麼害怕孤獨寂寞，如今卻要獨自去走黃泉路。

昨天下午離開學校後，直接趕至和信醫院陪秀麗問診。王醫師看了電腦資料，和藹地問：你知道自己的情況嗎？你是不是想知道自己的時間？你有沒有什麼願望？你交待家人了嗎？秀麗現在幾乎已不能走路，她坐在輪椅上，甚至點頭都顯得很遲緩。我每次看她，多數是坐著沉入睡眠狀態。乞求蒼天保佑，減少她的痛苦，也許在眠夢中離去是最理想的方式。

「我還有很多話要跟我先生講。」

秀麗一向依賴家人，阿珊休學從英國回來，幫了我很大的忙，使得我還有一點時間做事。我很幸運，兩個女兒都好乖好乖。

方杞、王姊搭高鐵來台北，我不讓他們去家裡看秀麗，只在工作室簡報病況。回家陪秀麗躺在床上，説已告訴方杞你的病情嚴重，他嚴肅地問：「你要陪她去嗎？」秀麗開心笑説不行，你還要照顧女兒，告訴吉大哥他再這樣講，我就去殺了他。真希望她有力氣搭高鐵去高雄威脅人。

今天一早先到工作室，還來不及喝茶又趕到超市買菜，中午做了佛跳牆，和烤豬肋排。秀麗勉強吃了兩口佛跳牆。她的咀嚼、吞嚥明顯出現困難，豬肋排是不能再吃了。這是她最後一次吃我做的佛跳牆。

珊去萬芳醫院詢問安寧病房之事，了解到難以直接進他們的安寧病房，必須再經過一系列檢查程序才可以。醫師批評和信醫院自己不準備安寧病房，總是把需要安寧療法的病人推給別家醫院。我們決定讓

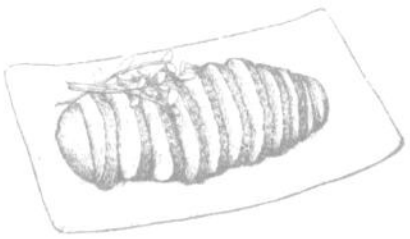

秀麗住進慈濟醫院。

秀麗最後的日子，我每天盡量提早離開工作室，回家做晚餐給她吃。長期化療的人胃口差，味蕾也變得遲鈍，我每天變換菜色來取悅她的食慾。有一天黃昏我進門，她說想吃義大利麵，我扶她起床坐著。想吃什麼口味的義大利麵？有什麼？我想到南義色彩繽紛，口味激烈的「煙花女義大利麵」。搖頭。我開始杜撰一些重口味的名字：

「蕩婦義大利麵？」搖頭。

「瘋狂潑婦義大利麵？」搖頭。

「牛郎義大利麵？」她眼睛一亮，說：「我要牛郎。」

我愣住了。這世上並不存在牛郎義大利麵呀，都怪自己吹牛過火，弄得騎虎難下。我認真思考約十分鐘才有了計較。她不吃乳製品了，我得用豆腐乳取代；成品的色彩要野豔，味道須狂烈放縱，須得有牛郎特性的食材隱喻，要能強力刺激唾液分泌，全面召喚飢餓感，召喚活力，召喚渴望——

取寬扁麵，加橄欖油、鹽

在深鍋中煮熟，撈起，放入冰水中備用。用橄欖油爆香蒜片，洋蔥，香菇，蘑菇，培根肉；續炒青椒，黃椒，紅椒，櫛瓜，番茄；加入豆腐乳，拌至溶解；麵條下鍋，加入干貝XO醬，九層塔。起鍋前，加入飛魚卵，拌勻。

那天晚餐，秀麗吃得很飽，笑著對我說：「我喜歡牛郎。」那是我最後一次看見她燦爛的笑容。

焦妻走後我忘記生活中的許多事，忘記所有的約會，忘記吃飯，忘記刮鬍子；有一天照鏡子驚見鏡中的陌生人，索性開始蓄鬍。倒是不曾忘記牛郎義大利麵，後來，我常做牛郎義大利麵給女兒吃，帶著懷念的意思。

啤酒鴨

阿雙從新德里回來，大病，發燒不退，幾乎一兩天就得去看醫生，醫生也不知何故，僅開抗生素。

學校剛開學第一週，第八節課不上，阿雙參加了別班的晚自習，九點半才結束；接她回到家已近十點。這幾天我洗好澡出來見她還在寫作業，很是心疼。催促她，已經半夜

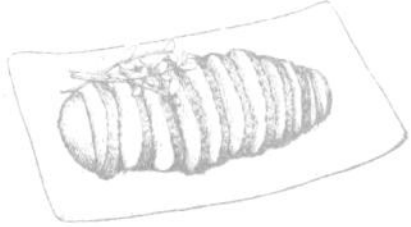

十一點了，趕緊去睡覺。她總是說好，笑著說再一下就好。我不敢再催促，唯恐打擾她，怕她心煩。

夜裡下了一場雨，空氣還顯得潮濕。氣溫忽然降低了好幾度，最宜躲在棉被裡睡覺。

小妞說不想起床。好，爸爸幫你請假，今天在家睡覺。我覺得，反正台灣的教育幾乎一無是處。

我要出門時，她匆匆忙忙奔來說還是去學校好了。

「人生好難啊！」阿雙上車後又喟嘆，「我很想把自己絞死。」

我說你不是要炸掉教育部嗎？她改變志向了：絞死自己比較快。

阿雙生病未癒，這幾天早晨跟我來工作室，總是一直睡覺。中午喚她起來，父女共撐一把傘走到麗水街，她說沒經驗過茶餐廳。進入金華國小對面的茶餐廳，她點食餐肉撈麵，我吃鹹魚雞粒炒飯。阿雙吃掉荷包蛋就放下筷子，我試一口，那撈麵毫無滋味，好像從餿水桶撈起來的；上面的餐肉像沾了紅藥水和膿水的紗

布，青花菜則硬如樹枝。至於我的炒飯，雞肉丁切得草率，鹹魚丁又像碎石；是比她的撈麵好一些，只是不像食物，毋寧像餿水。

永康商圈從前是台北的美食重鎮，如今墮落得厲害。神啊，求祢拯救我們的味覺，救我們父女脫離茶毒動物的罪；我們的舌頭，就高聲歌唱祢的正義。

忽然想吃鴨肉，我們走到龍泉街吃當歸鴨腿湯，味道不賴。

日本藝術家北大路魯山人堅持吃鴨肉需佐以山葵醬油，旅行法國時，一天來到「銀塔餐廳」（La Tour d' Argent），聞名的鴨肉上桌，「我取出口袋裡準備好的播州龍野的薄口醬油和山葵粉，用杯子裡的水將山葵溶化，倒進桌上的醋拌成泥狀。」他的日本舌頭顯然無法接納法國滋味，竟隨身攜帶山葵醬油。

我曾經模仿布里亞．薩瓦蘭（Brillat-Savarin）橙鴨，試採用埃爾韋．蒂斯（Hervé This）的變通方法：鴨腿抹上奶油，以大火稍烤至表皮金

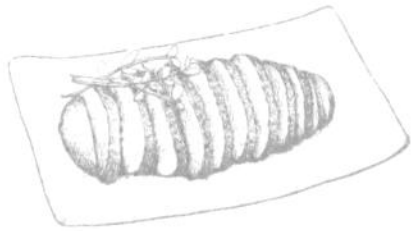

黃酥脆；用紙巾吸乾鴨肉表面的油脂，接著用注射器將橙汁（加鹽，浸泡胡椒）注入鴨肉中，再用微波爐加熱幾分鐘。

也許是救贖，晚上決定做啤酒鴨。我算是常做啤酒鴨，已經堪稱「爸爸的味道」了。

光鴨洗淨，拭乾；鴨腹塞入蒜頭、陳皮。取一大炒菜鍋，放入薑數片、紅辣椒二支、青蔥五支，醬油一碗，啤酒，糖一匙。先以中火煮滾，改以小火煮二十分鐘；將鴨翻面，續煮二十分鐘。最後改用中火收乾醬汁。

除了一瓶台灣啤酒，另加入兩瓶比利時啤酒 Frambozen 和 Triple Fermentation Driemaal Gegist Fermentate Tre Volte（酒標上印有粉紅象）。

使用比利時啤酒沒有特殊意義，只是買了很久一直未喝掉，索性當料理酒。有一次我放黑啤酒，色澤頗佳。

全鴨烹煮後形相甚美，上桌時再隨割隨食，剩餘的醬汁可蘸鴨肉吃；若不在乎外在形式，則鴨肉剁塊再煮較入味。

「我好久沒吃啤酒鴨了。」秀麗又出現了，她坐

也許是救贖，

晚上決定做啤酒鴨，啤酒鴨已經堪稱「爸爸的味道」。

在沙發上，左手仍戴著翠玉手鐲；還是短髮，臉龐仍然是長期服用類固醇後的滿月臉。年齡停在五十二歲，可能又更年輕些，看起來令人寬心，形容透露著熱情，一臉聰明狡獪相。

她右腳踢了一下單單，「不乖！」那約克夏狗似乎毫無感覺，繼續磨蹭白沙發，偶爾抬起頭來對她吠一聲。牠側著頭，想跳上沙發跟女主人撒嬌。

「哼！不乖！」罵了單單一聲，秀麗的形影隨即消逝。這是錯覺嗎？我無法把握她離去的方向，好像憑空隱逸在黯澹的空氣裡。

爆香辣椒，加培根、彩椒、櫛瓜、花椰菜，用豆腐乳調味，最後再撒上飛魚卵，經過這一系列手續，「牛郎義大利麵」變得好看又美味。

尋常，才是最珍貴的：

蛋餃與家常煎豬排

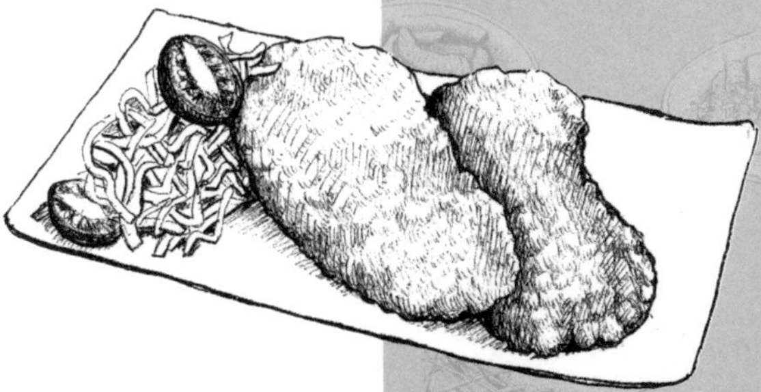

作者　**瞿欣怡**

綽號小貓。一九七二年生於新竹三廠眷村，從小任性妄為。在媒體工作二十餘年，也曾創立「小貓流文化」，如今專職寫作。曾寫作《青納園，一個愛與夢想的故事》、《夾腳拖的夏天》、《堅持求勝——林智勝的棒球故事》、《說好一起老》、《吃飽睡飽，人生不怕》、《人生中途週記簿》等書。

我很愛吃，在一個吵鬧不休的家庭長大，是食物讓我感受到愛。我的童年充滿父母的爭吵、淚水，我依戀母親，卻總是被寄養在親戚家。我在外婆家長大，在奶奶家度過青春期，中間有幾年回到母親身邊。直到媽媽老了，我們才有時間相親相愛。

我不知道正常的家庭是什麼模樣。在我們家，爸爸鬧自殺，媽媽常離家。我能夠好好長大，是因為無論再混亂，總是有人願意做飯給我吃。我常常在外婆家、奶奶家哭著吃飯，她們會默默坐在餐桌旁陪我。

儘管在紀州庵的作家私房菜裡，我只做了奶奶的蛋餃，跟媽媽的煎豬排。但請容許我先用幾段文字，紀念我的外婆，卓吳阿珠女士。她是我最初的愛。我人生最大的遺憾之一，是來不及學會外婆的菜。

我人生最早的記憶，是在還不會走路的年紀，外婆背著我上山砍柴。外婆家在苗栗海邊，穿過屋後的芭樂園，就是大海；走過土角厝前的小路，就是鐵道；過了鐵道再往前，有座小山丘，外婆在那裡砍柴，燒灶煮飯。

小小的我，軟軟地趴在外婆背上，貼著外婆厚實的背，睡了又醒，

媽媽做的家常菜，一點也不尋常。

那是她用青春換來的。

呆望著乾枯雜草。燠熱的風吹來，風是鹹的，是海的味道，也是外婆的汗水味。我聞著熟悉的鹹味，又迷迷糊糊睡去。

上小學以前，我幾乎都住在外婆家。媽媽偶爾來看我，騙我會帶我回家，卻又偷偷溜走。我站在外婆家前的小路，望著新竹的方向，嚎啕大哭。外婆把我牽回屋子裡，為我剝一顆她做的鹼粽，撒很多很多糖。我掛著眼淚鼻涕，大口吃甜甜的粽子，忘記大人的背叛。

外婆很會滷肉、滷雞腿、滷豬肝，我從來沒有因為是女孩，就吃不到雞腿。相反地，外婆永遠把雞腿給我。外婆也很會包粽子，我們吃北部粽，用大灶先把糯米炒香，鍋底的鍋巴又香又脆，盛起來只有一小碗，外婆也留給我。

外婆是我愛的源頭，讓我在愛裡長大。我很想做一道外婆的菜，卻不可得。七歲之後，我就離開苗栗海邊。

青春期的我，搬到台北跟奶奶住了一段時間。奶奶是上海女人，活得很講究。奶奶身上沒有汗味，而是香香的花露水，混著長壽菸味，在冷氣房裡聞起來很高級。

奶奶廚藝非常好。我愛喝湯，奶奶就為我煮湯，寵溺地笑我：「湯

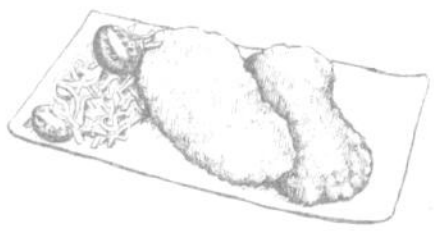

罐子！」蘿蔔牛肉湯、羅宋湯、海帶排骨湯……奶奶家總有湯喝。奶奶最常做的是醃篤鮮。直到出了社會我才知道，原來醃篤鮮是上海名菜，做工繁複耗時。對我來說，醃篤鮮不是名菜，是奶奶的湯。

奶奶做菜時會繫上圍裙、叼根菸，站得直挺挺，俐落地用鏟子炒幾下，一桌菜就做好了。我跟堂妹筱葳很認真地討論過，長長的菸灰，到底有沒有掉進鍋子裡？

當紀州庵邀請我做一道菜時，我想起奶奶的蛋餃。蛋餃串起奶奶、媽媽，跟我。媽媽也跟奶奶學做蛋餃，這是家傳菜，學會了才算一家人。媽媽做蛋餃跟奶奶不一樣，家庭美容院沒有生意的下午，她會搬兩張小板凳，一張放卡式爐和鍋子，另一張她舒服坐著，一個一個慢慢攤，越攤越小，最後攤出一個拇指大小的蛋餃，得意地拿給我看。

媽媽就是這麼愛玩愛鬧，嫁進上海人家庭，諸多不適應。據說媽媽坐月子時，奶奶用上海習慣，天天給她吃酒釀蛋，不煮麻油雞。媽媽委屈又不敢說，有天實在受不了，撐著身體，到院子裡抓了外婆養大要給她做月子的雞，自己殺雞。

外婆殺雞很俐落，手抓緊，脖子狠劃一刀，雞就死了。媽媽從小看到大，以為雞很好殺，沒想到她手沒力，刀也不利，雞頭沒斷，吊著脖子痛得在廚房狂飛，濺得到處都是血。奶奶從門外進來，看到嚇得尖叫的媽媽跟雞，一把抓住雞，手一拽，雞頭就扭斷了，阿彌陀佛，可憐的雞終於升天，媽媽有麻油雞吃了。

做蛋餃比殺雞容易多了，也幸福多了。做蛋餃的日子，廚房總會飄滿豬油香。我坐在廚房角落，看奶奶跟媽媽攤蛋餃的身影，一個下午悠悠過去。

蛋餃做好，還得燴白菜。我想了很久，要用奶奶的煨法，加鹽加黑木耳；還是我喜歡的台式口味，再加點醬油。後來我決定用我喜歡的台式煨法，因為這已經不只是奶奶的蛋餃，而是上海奶奶的蛋餃，傳給媽媽，再傳給我，加上苗栗外婆的滷白菜。我的白菜燴蛋餃，是我這一代台灣孩子的縮影。

紀州庵的蛋餃上菜前夕，我請小叔來家裡試菜。蛋餃上桌，小叔嚐了一口，大讚：「好吃！」

我緊張追問：「有沒有奶奶的味道？」

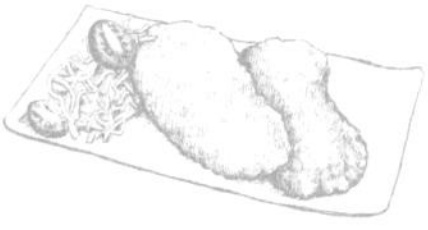

一向最黏奶奶，除了在金門當兵，從未離開過奶奶的小叔說：「我們都不要再追求奶奶的味道了，我們做不出來的，放下吧。」這幾句話，重重地壓在我心裡，奶奶走後，小叔經歷了什麼？

小叔接著說，奶奶火化那天，我媽媽對他說：「小弟，媽媽走了，你要長大，以後不會再有人這樣愛你。」

這話我當時聽不懂。現在懂了。因為這個世界上，再也不會有人像媽媽那樣愛我。我是在失去媽媽後，才懂得喪母的悲慟。

媽媽走的那年，我出版《人生中途週記簿》，正好碰到紀州庵詢問是否要換菜單，我決定換一道媽媽常做的菜，紀念媽媽。

我想了很久，卻想不出該做哪一道菜。當然，媽媽很會做菜，表兄弟姊妹們到我們家總會吃掉一大鍋飯，惹得阿姨們抱怨：「在家都不吃，來二阿姨家吃兩碗飯！」被這麼多人愛著的「二阿姨」的餐桌，我卻想不出來，究竟有哪一道菜，可以拿到紀州庵。

因為媽媽做的都是家常菜。她要經營家庭美髮，要照顧得了癌症的丈夫，還得騰出時間打麻將，這樣的媽媽，只能做便宜又快速的飯菜。小黃瓜炒肉片、筊白筍炒肉片、豆乾炒肉絲、筍子炒肉絲……凡

是可以炒肉絲、肉片的青菜，都用同樣的方法做。

爸爸才會做大菜，大豆豬腳湯、豆瓣魚，還有牛肉麵。他做牛肉麵，連酸菜都自己炒，整鍋牛肉滷好，請眷村鄰居來吃。像辦流水席，大門打開，走進來的都有份，大院子裡人手一碗，爸爸在廚房忙得很樂，堅持麵條要一碗一碗煮才好吃。

爸爸從來不管別人，也不管家，他活得很自我。媽媽不行，她要顧家、要賺錢，她甚至當過大家樂的地下組頭。我在學校是A段班的好學生，碰到B段班同學大聲嚷嚷：「你媽不是組頭？我媽要跟她簽啦！」我滿臉通紅，卻不敢否認。我如果否認，不就覺得媽媽讓我丟臉嗎？我愛她，就算是在她看不到的地方，我也不會背叛她。

儘管媽媽常常把我送到親戚家，我還是愛她。媽媽把我送走時，是一百分的狠心；把我接回家，就用兩百分愛我。

媽媽為錢操煩，我卻從來沒有為錢煩惱，因為她努力把最好的給我。在沒有百貨公司的年代，會帶我去委託行，買日本進口的糖果、文具、和大衣。

媽媽不喜歡隔夜菜，老是嫌蒸過的便當很難吃，會自告奮勇：

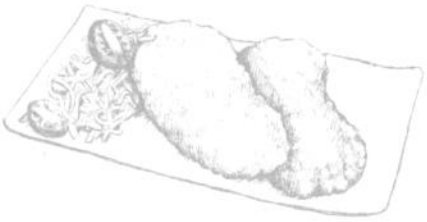

有人照料你的三餐，叮嚀你要記得吃飯，
無比幸福。

「不要帶便當，我明天中午幫你送現做的！」可是美容院生意一忙，她就把我給忘了。等到下午一、兩點，她才想起女兒沒飯吃，補償性地買昂貴的炸雞腿便當送來。為了這份炸雞腿，我願意忍耐。

媽媽曾經照顧我許多年，我卻想不起她有什麼拿手菜。

我問弟弟：「媽媽有哪些拿手菜？」

他想了想，說：「豆乾炒肉絲、羅宋湯、炒米粉、煎肉排、煎豆腐、番茄炒蛋、炸春捲……」

我慢慢想起來了。媽媽最常做煎肉排，一大份豬里肌切片，請肉販拍鬆，用醬油、糖、米酒、蒜頭、辣椒醃一大鍋，放在冰箱裡，晚餐煎個幾片，就成為主食；偶爾變個花樣，切成肉絲，炒個筍絲，就有配菜；再炒盤青菜，弄個湯，三菜一湯，輕輕鬆鬆。

我想起來了，每到過年前夕，媽媽就會做風乾雞腿，那是我最期待的年菜，自家風乾的雞腿，不會太乾，蒸了帶點湯水油花，比外面賣的還好吃。

我想起來了，媽媽會做很多菜。有一年，她甚至買了調味包，在我難得回家時，做麻辣鍋給我吃。坦白說，那湯頭真陽春，我已經在

台北見過世面，看著稀稀的辣粉湯汁，有點難過，卻很誇張地吃光，嚷著：「好好吃！」媽媽很開心，她開心就夠了。

我想起來了。媽媽跟爸爸鬧離婚的那幾年，不斷地離家出走。她離開時，總會在電鍋幫我蒸一碗蛤仔蒸蛋，她惦記我身體弱，蒸蛋營養；再不就蒸一碗冰糖梨子，我氣管不好，蒸梨顧肺。

媽媽為我做了這麼多，我卻只記得我小時候住院，她堅持離婚，不肯回來，爸爸在醫院對我說：「媽媽不要你了。」我終於想起來了。媽媽是愛我的。

中年之後，我也終於明白，人生好難，要留在一段沒有愛的婚姻，更難。但媽媽還是留下來了。

我決定用「家常煎肉排」，在紀州庵紀念媽媽。我們以為媽媽愛孩子天經地義，卻不知道背後的犧牲與痛苦。

我們習慣索求母愛，卻看不見媽媽的眼淚。媽媽做的家常菜，一點也不尋常。那是她用青春換來的。

爸爸在我十八歲時就走了，外婆、奶奶也走了，如今，連媽媽都不在。我真正成為無父無母的孩子。

原來，有人照料你的三餐，叮嚀你要記得吃飯，無比幸福。

媽媽走後，我陷入很深很深的憂鬱。直到某天，我才驚醒，我要好好活著，好好吃飯，好好睡覺，要把自己活得很漂亮，才不辜負媽媽。

我要把自己照顧好，才不辜負外婆、奶奶、媽媽，餵養我的一餐一飯。

「白菜燴蛋餃」，台式白菜滷為基底，豪爽地爆香蝦米、蒜粒、香菇，白菜下鍋用醬油稍微滷一下，最後再下蛋餃一起滷。上桌時，白菜滷得軟爛，蛋餃吸飽湯汁，咬一口，滿嘴的蛋香肉香菜香，還帶著醬油的鹹香。

那一年，我可是吃素的：

四時流蔬

作者 古碧玲

自許各界局外人，雜看雜學雜讀，自己思想；生活重心為食物、讀物、植物與藝術，既怕吵又過動，好美好奇好勝怕無聊，喜新戀舊。先後任職於政經媒體、網路、廣告、基金會等，常用文字傳遞想法、溝通理念，偶寫藝評，更想用植物、畫畫與世界對話。現為《上下游副刊》總編輯。

在那些因為午餐吃素，約莫下午三、四點胃腸就開始蠕動，急欲尋找可資消化物的日子，從未料到自己日後竟會受邀設計一套全素食，第一個念頭就是可得要吃得飽，第二個念頭則是絕不加薑。

第一份工作的老闆是一位心理學博士。說是老闆也非真老闆，掛名總編輯的他帶著我們這群還在念大學、專科的小犢們如何發掘題目、討論訪問對象，教我們寫稿，我們沒大沒小地跟著眾人稱他為「小一」。與他兩度工作緣，曾經跟他吃素一年。

畢業頭幾年，繞了兩三家廣告公司，寫過若干品牌的文案，加了在黑燈瞎火絞盡腦汁無數小時的班後，又被心理學博士找回去當他的研究助理。在那座樓地板距離天花板超過四米、磨石子地板、一整面檜木窗櫺厚厚塗上紫砂色亮漆的研究室裡，若沒有其他研究室來串門，通常只有老闆和我；兩人不常交談，是一種不必找話題哈拉的放鬆，各自埋首於多個同時進行的研究計畫和學刊編輯裡。千手觀音似地忙到雙眼快睜不開時，抬頭望著毛玻璃窗外，夜空已懸著幾星光

點，十點，研究室要打烊了，最記得冬季暗暝，我們把下巴埋在厚外套瑟縮地互道再見。

研究室一逕寧謐，罕聞聲響。老闆有時待一整晚沒回去，早晨會聽到他以電鬍刀滋滋滋地刮鬍子的聲音，臉上還會帶著法國天文學家勒威耶發現海王星被證實後的掩不住嘴角上揚，這時候我就知道他的理論推演可能有進展。到了算是少數劃破寂靜的午餐時刻，老闆照例站起身伸展上肢，吆喝道：「腹肚枵！來去呷飯囉！」隨著他有點向前傾的步伐跨出研究室上鎖後，我連忙加快腳步。那段時間他以素食為主，夥計隨主便，知曉他有個哥哥乃出家方丈，不時往各地主持法會，沒多問他何以吃素。偶爾他也會覓尋山東餃子館的炒碼麵，佐料有花枝、魷魚、淡菜、豬肉等，輔以大骨高湯，湯汁濃稠，大碗冒出來的熱氣蒸騰撲向臉頰，細霧催逼兩眼非得瞇著、滾燙燙到縮舌，邊吹邊吸，養成我日後看到炒碼麵必試的相思。

素食自助餐，賣的通常是色澤繽紛，綠蔬胡蘿蔔白豆腐黑木耳碎香菇必不缺席。彼時紅黃彩椒還未問世，氣息最教

我敬而遠之的青椒偏偏最常與喜愛的豆乾一鍋炒；梔子子實染的黃色大豆乾、白蘿蔔、粉粿，想要黃色再亮點，店家絕少不了要供應一大鐵盆咖哩；進門處，堆得山一樣高的炒米粉、炒麵，餵食不甘於只吃白飯的學子師長們，大鍋炒的米粉難如林文月的既色香味俱全又添翠麗之姿，復以素食，少紅蔥青蔥兩味噴香，沒炒成黏糊一鍋米粉斷裂已是萬幸。

善體人意的店家深恐茹素者油水不夠，菜餚必多油，油最懼耗味，還好店家輪轉用量大，不至於生耗。然而，素食店東為周全出家人也能蒞店用餐的初衷，索性五辛一律杜絕。五辛即蔥、蒜、韭、薤、興渠，薤是蕗蕎，興渠是洋蔥，佛門修行人、素食者忌食五辛，理由既有健康面也有慾望面；素食者胃腸內未累積動物性油脂，富含硫化物的五辛恐過度刺激腸胃，易致不適；慾望面則指五辛的大蒜素偏高，雖可提升免疫力，也因能量甚多，裨益於刺激性慾，有礙心靈持靜，自不宜修行人的六根清淨。

五辛不得用，又乏引起人類大爭戰的荳蔻、丁香、孜然

或現今西式料理常用的迷迭香、百里香、鼠尾草等香料植物；台灣近些年崛起的大葉田香、土肉桂、馬告、刺蔥尚且還不為人所知，素滷味添點八角外，唯一可用的就是薑。無菜不薑，連我平素最愛的豆類食物也每每被「薑」了好幾軍，所有食物僅剩一味，食後打嗝，薑味上提鼻腔口腔……這也是一年素食之後，此後與薑保持「君子之交」，除肉質濃腥，薑可鎮得住的薑母鴨之外。

跟著吃素時的自己不過是二十出頭歲的女性，胃腸消化食物的速度宛如電動刈草機，下午三時許，開始體會飢腸轆轆的滋味，要度到晚餐委實殘忍，抽屜裡常備的中立蘇打餅，是漫長午後打破緘默的傳聲器。助理我小心取出的窸窣窣窣聲，老闆轉頭一瞥，明瞭他也餓了，三兩片的鹹味蘇打餅緩衝了兩人血糖的低落，還把到嘴邊的抱怨——「到底老闆你幹嘛要吃素呀」給吞回肚子裡。

那一年間，不僅午餐素食，幾乎是很自然地纖肉不碰，一絲肉腥味都無法安然下肚。吃素並沒有不妥，我

甚至認為素食更該被好好料理，茹素者更該被好好款待；蔬食未必柴澀，也毋須畫蛇添足使之肥腴，只要將纖維與蛋白質料理得當，不宜過燥過火過分添加他味，再勺一瓢醬汁活絡魂魄，如韓國白羊寺靜觀法師的醍醐味，引動出各種隱味的純然。

可能受限於當時素食的烹調功力，大學附近的素食餐飲店針對主要消費群，盡量模擬紅白肉味，用廉價的人工甘味調得油滋花俏，試圖讓用餐者吞吃著毫不遜於葷食者的滿足感。殊不知一道下了功夫，以豆芽、紅蘿蔔、香菇熬製高湯，待汁收得密稠時，撒把荸薺碎末，轉大爐火略滾，演繹出蔬菜菁華的素臊，一淋上粒粒晶瑩分明的白飯，都可以讓無肉不歡的我家小兒連扒了好幾碗；既要素食又何須畫蛇添足讓原味被抹煞？

而修行人追求心靈平靜，茹素講究吃得天然簡單，味道來源自鹽、醬油、豆瓣醬、辣椒醬；並善用不嗆不銃的調味料，如：花椒、薑黃、紫蘇、乾辣椒增鮮提味賦予色澤，令素齋多彩醒目。Netflix串流平台初登此間時，播出《主廚餐

雖未能從食肉族幡然悔悟，奔向食草陣營，
仍時不時帶點補償心態，撿拾起調理素食的兩三餐。

桌》第一季的韓國女尼——靜觀法師流轉於灶間，深諳醃漬發酵、自製醬油醬汁，調理全食物，一莖一葉都盡量入菜，出家人講色、受、想、行、識這五蘊，均履踐於她的齋食料理。她的刀工並不講究快，穩穩持刀，片片均勻地切著蓮藕，厚實的手如鳥兒銜草振翅織巢般在食材間翻動，蓮藕逐片款款浸漬於抹茶、紫蘇汁液中，排出如畫的盤飾。

每隔幾年，有點燥火上身時，我會敲開這集，細賞這位烹煮原味食物，供應白羊寺僧尼及施主的比丘尼的灶間哲學。她雖出世大隱於山林，卻因烹煮功夫名聞遐邇，常受邀赴都市的大學傳授素齋心法，看著，意念偶飄到曾經茹素的一年，也於知道畜牧業為製造溫室氣體排放的一環，明瞭生產一公斤牛肉得要耗二十五公斤穀物和一萬五千公升的水之類的警訊後，自己雖未能從食肉族幡然悔悟，奔向食草陣營，仍時不時帶點補償心態，撿拾起調理素食的兩三餐。

往昔常在溽夏時赴北京出差，天乾物炙，胃口盡失，唯賴大久保桃和小黃瓜度過乾烈酷暑。也曾幾度初夏赴

京都遊，路見串串漬過鹽，冰鎮在冰塊上的鮮脆小黃瓜，掏出零錢買一串，喀滋一口，霎時沁涼入心扉。此後，凡心浮氣躁時，減肉以降燥，小黃瓜是必備食材，持鋁槌打呀打，施以薄鹽，丟兩顆酸梅輕漬，排入米糠床裡，待成品入口，上下齒齊作用那刻，無度的高溫頓杳。

既然暫止步於肉食，第一選擇自是豆腐豆包。一方板豆腐，先行飛水，我服膺醬汁的神魂，攪和醬油或味噌調汁、紫蘇葉曬乾磨粉、煸過的白芝麻、花椒油、紅辣椒、香醋和檸檬汁擇一，或五味或六味，既豐盛了素淨的豆腐味，原味猶在。

我特愛乾濕皆宜的味噌。據知味噌在日本原是高檔品，迄平安時代末期到鎌倉時期才開始被僧侶將味噌研磨成泥，倒入熱水沖飲，算是用來煮湯的開始。味噌有紅有白，偏好關西地區採水煮方式、鹽分較少的白味噌，醬味俱足，適合承載葷素食材，食後齒頰還留一抹甘芬。選擇吃素當天，熬一鍋蔬菜味噌湯，以豆腐取替蔬菜豬肉味噌湯的豬肉，炒香西芹，其餘胡蘿蔔、大白菜、

白蘿蔔、番茄等蔬鮮均保留，起鍋前落點芹菜珠，縱使是素湯亦不掩菜香醬香，誰曰無肉不歡？

自幼，打牙祭和零食的首選除了豆乾，還是豆乾。台中「一心豆干」宣稱暫時歇業後，恓恓惶惶好多年。還沒有高鐵之前，只要有人去台中，問我要幫忙帶什麼，「一心豆干邊、方形豆干，辣味的。」一心豆干保存時間很短，頂多只能兩種各帶三包，我總可以在一個禮拜內消滅殆盡。豆乾一進帳，行動代號就是豆乾配書吃；內心警告自己不得一口氣嗑掉一整包，但拎著一本書一包豆乾，「天呀！」驚覺要收斂時，三分之二包豆乾已過食道峽。

滷得湯汁入孔洞、撒點蔥花的豆乾也是我的罩門，再多都不夠塞牙縫。只要是豆類加工品，不嗜甜的自己，偶爾佃煮一鍋豆皮豆包，蘑菇、黑木耳、玉米筍、蒟蒻，若無應時令的筍添其脆度，荸薺當脆度來源亦可；上選醬油先熗過，再翻炒這些素料，繼而轉中小火，添點破布子，增添鹹芳，糖微微下一點，湯汁收得稠稠時熄火，撒撮香菜，若能找

縱使是素湯亦不掩菜香醬香，

誰曰無肉不歡？

到鴨兒芹，益發完美。食材尋常，隨四季流轉，在想吃素那天，猶是米飯良伴。

夫家之中兄長食素，逢年過節，上南門市場買臭豆腐已成充分必要食材。我總先行煸炒料，調醬汁，葷素各蒸一碟。以大白菜、豆乾、辣椒絲、香菜、花生眾料齊治的松柏長青，年年都是疏怠的自己在滿桌雞鴨魚肉殺出一條路，深獲一眾老小青睞且絕無剩食的偷懶步數。

望著簡約沒啥祕訣的幾道蔬食被清空，偶爾會湧上第一個老闆那長長的人中、薄薄的上唇露出上弦月般的笑容。命相學認為人中長的人是長壽命，他卻早已於盛壯之齡登出地球逾十年，那一聲：「腹肚枵！來去呷飯囉！」讓自己懷念吃素的那些青春時日，迄今還會變些花樣偶一食之。

話說老闆你未免走得太早啦！要不，已走過懵懂白目階段的我可是能理個一小桌蔬食宴，看你吃得嘖嘖有味，應該能叫我開心個好幾天。

鹹汫的日子：

琥珀蒸肉餅（燉冬瓜肉）

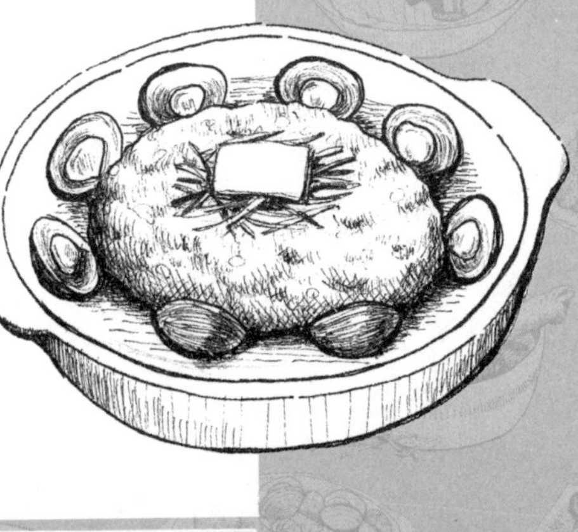

作者　**洪愛珠**

台北城郊養成，倫敦藝術大學畢。平面設計工作者，工餘從事寫作，文章多及吃食與人景。

散文集《老派少女購物路線》榮獲台灣文學金典獎、Openbook好書獎·年度中文創作、誠品職人大賞等，並售出多語版權。

紀州庵文學森林邀做一道菜，在「作家私房菜」供應。想來想去，還是這道「燉冬瓜肉」。

我外婆那一代人，家家戶戶都曉得做燉肉。絞肉裡拌入蔭冬瓜，就是冬瓜肉；入蔭瓜，即成瓜仔肉。肉末與漬物一拌，蒸透即得，既鹹且鮮，拌飯送粥都好味道。肉不必攪打上勁，也不必摔，誰都會做。若得地道食材，做法幾乎不可能更簡單。

如此簡單的土菜，怎麼端出來見人？

土菜的背景是農村，農村裡有擅長醃漬的長輩人。而台北原有農村，早已淡化湮遠難回來。醃漬食品隨人凋零。我將老味道找到，寄存在紀州庵，讓城裡的大家也能嚐嚐。

外婆是我兒時保母。

媽媽任職家族企業，上班前，帶著我到公司旁的娘家托嬰，晚飯後接回。我媽教養嚴格，嚴禁零食。外婆對我則無限溺愛，在我媽看不見的時候，自由餵食，將孫女養成了肉呆。

小孩都知道要盡快撥入口中，
肉湯未稀釋時最鮮，鮮過吃肉。

隔代教養的矛盾，我記得一件。

媽媽不讓喝飲料，家裡給孩子的保久乳永遠只有原味。外婆瞞著我媽，在廚房下櫃裡偷偷布置草莓巧克力水果保久乳各一箱。娃娃自己掀門，胖手指戳開塑膠膜，掏出一罐調味乳，通常是巧克力口味。熟練插上吸管，暢飲起來。

一回被媽媽撞見。我媽和她媽，當即大吵一架。

「說過不准給囡仔吃甜?!」我媽抗議她媽。

「哪有你這款老母，欲把阮孫餓死。」我媽她媽說。

肇事兒童一旁瑟瑟發抖。論吵架，外婆不會輸，就是講話誇張點。當年我胖成那樣，是不容易餓死的。而小孩心向溺愛自己那一邊，我明顯與外婆更親，老想留外婆家過夜，不願隨父母回家。想當時的媽媽，或也有過複雜的心情。

若在外婆家過夜，隔天早餐便吃粥。

天未光，全家還睡著，外婆已起身。先熬白粥，以大同電鍋炊一盅冬瓜肉，布置好其他小菜，就轉身忙碌去了。其他家人不同時間起身，各自吃早頓。

我和外公吃飯時，舅舅們已上班，屋內靜悄悄閒適。外公挖一杓冬瓜肉，放進我的粥碗裡，湯汁和金黃油圈在白色粥面化開，小孩都知道要盡快撥入口中，肉湯未稀釋時最鮮，鮮過吃肉。

冬瓜肉的魂靈，是外婆漬的鹹冬瓜。鄉人稱一切漬物為「鹹汫（kiâm-tsiánn）」，台語「鹹淡」的發音。舊時代的人，普遍熟於鹹汫的技藝。

我是台北小孩，但老家在城郊，觀音山下近淡水河口一帶，過去長久是農村，至今村裡沒有五層以上高樓，幾幢合院倒還在。鄰人養雞、年節炊粿、不時辦桌，都是農村習氣。祖父母的透天厝，屋前有大片曠地，我外婆和鄰戶的姆婆嬸婆，在自家埕仔製鹹汫，如冬瓜、越瓜，蔭豉仔、破布子、豆腐乳以及蘿蔔乾。

場景都記得。海量蘿蔔乾鋪開晾曬，氣味辛濃，如潮迭起。孩童踮著腳在蘿蔔乾空隙間跑跳追逐。鹹冬瓜放甘模仔，即平底的竹製網篩上，殺青脫水。露天曝曬食物，氣味很大且蚊蠅難免，親眼見過總有陰

影，兒時不太吃蘿蔔乾和腐乳，卻至今擁護鹹冬瓜，標準完全自由心證。

外婆的鹹冬瓜，配方極簡。僅以冬瓜、鹽、豆粕。

盛夏，冬瓜盛產，連幾天不下雨的日子。挑成熟粗長的肥瓜，去皮，縱切厚環，去籽，四開成長方塊。漬以粗鹽，曝曬至蔫軟。下午日光轉疲前，收回室內，隔日取出再曬，有人曬一日就醃漬，我外婆則通常用上兩三天。曬過日頭的棉被是香的。經過確實日曬過的冬瓜，風味濃縮，也會更香。

日曬程序本來天經地義。不過社會現實是，市場雜糧行買來的鹹冬瓜，越便宜的出品，越可能根本沒曬過。一攤商告訴我，工廠版本的鹹冬瓜，水煮後直接醃漬，染點顏色就賣。成品是生啤酒般淺金色，清澄不濁。樣子雖好看，香氣全無。

酵引是豆粕。比例為三碗豆粕混一碗鹽，必得粗鹽。我家上世紀七〇年代前，工廠是副業，祖業釀醬油，家裡粗鹽如山。豆粕混鹽以後，若想加糖，是少量黑糖，用量謹慎，務求吃不出甜味，外婆版本則完全不加糖。

豆粕得用酒，或煮開置涼的熟開水撈濕才用。講究的人家，設法

用私釀米酒，沒有公賣局米酒那股苦衝氣。

外婆好友，老鄰居媽號嬸婆，今年已八十有五，十八歲時，從蘆洲南港子嫁來我庄，新嫁娘還得涉水渡溪才到夫家。媽號是伯公名字，意思是「媽媽號（取）的名」。

媽號嬸婆娘家務農，有一方法甚古，先以糯米熬出米湯，即糯米泔。以冷卻的糯米泔撈濕豆粕，以此物醃漬更「快紅」，顏色好看。

外婆的幾口醬缸，皆是粗陶製，寬口。冬瓜塊入缸前，有人會以米酒清洗（我家並不這麼做），然而外婆的醬缸裡，不另下酒水，採乾式發酵，完成後湯汁較少。

醬缸裡堆疊冬瓜、豆粕，再撒一層鹽。冬瓜之間需留有空隙，不能填實。

總共得用多少鹽？外婆的口訣，撒鹽要像免錢。這話說了等於沒說，台語「量其約」，全憑經驗與手感。總之鹽得下夠。

古法漬物用鹽較狠，是防腐需要。對應今日味蕾，就得減鹽。若使漬物「感覺」不「死鹹」，不少配方選擇加倍放糖，或添加甘草，以增甜味。我試過不下十種，並不覺得更好吃。

醬缸最後用雙層塑膠袋封口，再以繩嚴實紮緊。幾個月就能取用。遠年的鹹冬瓜味更深釅，是琥珀的顏色。

鹹冬瓜又稱蔭冬瓜，表示醬缸置於戶外，隨日升月落，溫差變化醞釀風味。外婆將幾個鋁質舊鍋蓋，扣在醬缸上，以防雨水。落雨時，鍋蓋叮咚作響，水沿緣邊墜落，教人想起胡金銓電影裡，武林高人的斗笠。

今日做漬物，玻璃罐更普遍，然而玻璃無毛細孔，氣味不殘留，活菌也無法累積。玻璃且不耐曝曬，須存放於陰涼處。光是容器改變，製程即不同。家人篤信，外婆的鹹汫做得好，和她那幾口年份成謎的老缸不無關係。科學説法，是醬缸殘留活菌，日久自成生態。文藝的説法，那口缸，它有記憶。

外婆過身後，考慮家族裡吃鹹汫的人愈少，舅媽處置掉剩餘醬菜，倒是醬缸至今留著，做魚缸用。媽媽與阿姨多年後説起扔掉的鹹汫，還似指尖削掉一塊皮，傷口雖細，鹹澀發麻。

央過媽媽做冬瓜肉，她不願意，因為外婆的鹹冬瓜沒有了。説是

坊間出品減鹽加糖，味道失真。此外，明明不夠鹹，偏偏不會壞的東西，她也不敢用。

燉冬瓜肉一度消失在我家餐桌上，直到媽媽重病階段，胃口不好，我又想起這道菜，靠著大舅媽贈我一罐娘家醃漬的鹹冬瓜，才將這道菜做回來。

溫體熟齡黑豬，稍肥無妨，中絞。鹹冬瓜草草弄碎，拌進肉裡。必得潦草，才保留肉眼能辨的丁塊。因這道菜的感官享受，就在冬瓜丁觸及舌尖時，倏然鹹一瞬，如爵士樂的鼓點。隨後回甘遒勁，陣陣擊打味蕾。

我家的冬瓜肉曾兩度技術轉移給專業廚師量產，一次在台中中央書局短期供應三個月，再來就是在紀州庵文學森林。而職業廚師和家廚，手路到底不同。

開發初期，不解於燉肉裡的鹹冬瓜，全部化於無形，整道菜因此口感單調，如失去指紋。一回現場試吃，聽見廚房傳來綿綿的運刀聲，

科學說法，是醬缸殘留活菌，日久自成生態。

文藝的說法，那口缸，它有記憶。

不必回頭，即知鹹冬瓜被細剁成蓉泥。一看果然，連忙阻止。

做土菜，得用土法。

陳年鹹冬瓜本就鬆軟，刀背都能壓碎，草草壓成幾大塊，撥入盆中，與絞肉和勻即得。攪拌過程，冬瓜自動碎成尺寸不一的小丁，使燉肉有層次。這是粗菜粗做，速簡省事的家庭菜色。回想外婆，以及萬千同她一樣俗務繁重的傳統婦女們，清晨燉個肉，不會費上五分鐘來剁冬瓜。

再說調味。肉餅裡放薑蒜末與酒，作用是辟肉腥。問題人人對分量的拿捏不同。尤其蒜末，短時間炊蒸，辛味仍在，總是掩掉鹹冬瓜幽幽滋味。我想，倘若買來的肉它並無腥氣，不妨省略。

最終版本材料至簡，近乎素顏。無蒜無酒，醬油、糖、香油，也不用。只微微的薑末、白胡椒，使鹹冬瓜盡釋本色。

選擇混用一老一少兩種冬瓜。

年輕冬瓜，取自南門市場地下的「同寅號」。店家偏好比較堅實口感的冬瓜，因此醃漬時間不長，切起來一粒粒。燉肉熟透，仍見它星星點點。透光如琥珀。

老的冬瓜，在蘆洲大菜市覓得，攤主阿香女士家在觀音山，算是老

鄉。她的攤檔永遠整齊，各色鹹湃分裝小盒，覆蓋保鮮膜以隔沙塵。天氣不冷不熱的日子，阿香偶爾帶年高九旬，耳聰目明的母親一起顧攤。介紹母親時，全是讚美。由此知道阿香是善人，而我相信善人的出品。

每年親自挑選一千台斤大冬瓜，削皮日曬封缸，阿香皆自己動手。一條大冬瓜以二十台斤計，就有五十條。阿香的鹹湃，不放糖也無甘草，味甚典正。陳放一年以上，顏色深黝，乍吃略感太鹹，稍微洗浸一下再用，回甘強勁，成為燉肉深沉的底味。

兩種冬瓜與絞肉，以手拌勻，在寬口碗碟中稍微拍扁，添清水至肉餅高度，入蒸鍋蒸透即得。農村土菜，鹹鮮下飯，這餐就別戒澱粉了吧。

洪愛珠特別說明「琥珀蒸肉餅」食材：

「最簡單的菜，成了最難。難在今天連冬瓜都不同。紀州庵版本的肉餅，用上兩種冬瓜，老的來自觀音山，渾厚深沈。年輕的，取自南門市場同寅號，仍有口感，透光如琥珀。」

紀州庵大事紀

一八九七　紀州庵本店於若竹町（今貴陽街、長沙街之間）開業。

一九一七　平松家族於新店溪岸成立紀州庵支店。

一九二七　因生意興隆，紀州庵除本館外，加建離屋、別館、庭園。

一九四四　太平洋戰爭爆發，城內醫院遭美軍轟炸毀損，紀州庵停止業營，成為暫時安置傷患之處。

一九四五　因城內醫院遭美軍轟炸毀損，成為暫時安置傷患之處。

太平洋戰爭結束後，紀州庵又臨時作為日人暫居所，未被遣送回國的日人被安置於此。

一九四七　國民政府接收，轉為台灣省政府員工宿舍。

一九四八　王文興隨父母住進紀州庵，當時九歲。

一九七八　王文興《家變》，改由洪範書局出版（原為環宇出版社）。

二〇〇三　台大城鄉所學生成立「同安森林工作小組」（後更名為「台北城南水岸文化協會」），積極推動同安街老樹與日式戶舍保留。

二〇〇四　在文化局長廖咸浩任內，台北市政府公告指定紀州庵為市定古蹟。

二〇〇八　台北市政府文化局擬定紀州庵新館新建計畫，於該年度發包，隔年完工。

二〇一一　經由招標程序，由財團法人台灣文學發展基金會取得台北市紀州庵新館營運權；十二月二十四日紀州庵新館正式開幕，以「紀州庵文學森林」為名，進行文學的展演與推廣活動。

二〇一二　紀州庵文學森林與上海商銀文教基金會合辦「我們的文學夢」講座，迄今已成為紀州庵招牌活動；《城之南：紀州庵與台北文學巷弄》出版。

二〇一三　紀州庵古蹟修復工程開始。
二〇一四　紀州庵古蹟修復工程竣工，並正式開館。同年，平松家族第三代暌違七十年後，來臺展開尋根之旅，並首度回到故居紀州庵。
二〇一五　紀州庵風格茶館推出第一道作家私房菜「張拓蕪．老友牌牛肉麵」；同年接力登場有：「古月．像詩一樣的獅子頭」、「方梓．自然派紅麴燒肉」、「吳德亮．茶湯圓」。
二〇一六　作家私房菜推出：「羅思容．鄉愁的仙草雞」；以紀州庵為背景的親子繪本故事《阿墨的故事屋》、《寵物離家記》出版。
二〇一七　紀州庵響應加入「白晝之夜」城市藝術祭，辦理夜宿古蹟體驗。
二〇一八　舉辦第一屆高中校刊競賽；作家私房菜推出：「朱全斌．家傳滬式熏魚」、「廖玉蕙．蹄花麵線」、「韓良憶．歐式番茄蛤蜊烤魚」。
二〇一九　作家私房菜推出：「凌煙．麻油玻璃肉」、「林立青．剝皮辣椒雞湯」、「馬世芳．川式椒麻雞」。
二〇二〇　作家私房菜封德屏推出：「紀念李永平的白胡椒豬肚煲湯」。
二〇二一　作家私房菜推出：「蔡明亮．南洋咖哩雞」。
二〇二二　作家私房菜推出：「焦桐．啤酒鴨／牛郎義大利麵」。
二〇二三　作家私房菜推出：「瞿欣怡．瞿媽媽家常煎豬排」、「古碧玲．四時流蔬」、「蔡珠兒．香菱番茄肉醬佐蔬菜盤」、「洪愛珠．琥珀蒸肉餅」。
二〇二四　推出紀州庵出版學苑：「全．新編輯人」職能特訓班；與新經典文化合作出版《文學．老屋．好料理》一書。

Essential YY0944

文學・老屋・好料理

Kishu An: Memory of Food

主編

封德屏

淡江大學中國文學系博士。曾任雜誌、出版社編輯，並曾參與籌畫《夏潮》雜誌，一九七六年與友人合辦東明出版社。一九八四年進入《文訊》迄今，歷任主編、副總編輯，現任文訊雜誌社社長兼總編輯、台灣文學發展基金會董事長、紀州庵文學森林館長。長期主編《文訊》雜誌，並多次主持《臺灣文學年鑑》、《台灣作家作品目錄》等工具書，以及《張秀亞全集》、「臺灣現當代作家研究資料彙編」等編纂計畫。著有散文集《美麗的負荷》、《荊棘裡的亮光——文訊編輯檯的故事》、《我們種字，你收書——文訊編輯檯的故事2》。曾獲金鼎獎最佳編輯獎、金鼎獎特別貢獻獎、台北文化獎等。

繪者

微枝

左手嚕貓，右手畫圖；畫圖不喜歡打草稿，胸懷小志且理直氣壯。在創作的路上老是東張西望、龜速前進，執著於雞毛蒜皮的小事、喜歡用費工的方式生產，揣著一點天真，繼續走向下一個故事裡。

主　編　封德屏
封面設計　Bianco Tsai
內頁插畫　微枝
責任編輯　陳彥廷
版權負責　李家騏
行銷企劃　黃蕾玲
編輯協力　詹修蘋、黃蕾玲
副總編輯　梁心愉
初版一刷　二〇二四年十一月十一日
定　價　新台幣三六〇元

ThinKingDom 新經典文化
出版　新經典圖文傳播有限公司
發行人　葉美瑤
10045臺北市中正區重慶南路一段五十七號十一樓之四
電話　02-2331-1830　傳真　02-2331-1831
讀者服務信箱　thinkingdomtw@gmail.com
FB粉絲專頁　https://www.facebook.com/thinkingdom/

總經銷　高寶書版集團
11493臺北市內湖區洲子街八八號三樓
電話　02-2799-2788　傳真　02-2799-0909
海外總經銷　時報文化出版企業股份有限公司
333桃園市龜山區萬壽路二段三五一號
電話　02-2306-6842　傳真　02-2304-9301

文學.老屋.好料理 / 洪愛珠, 馬世芳, 蔡明亮等著. -- 初版. -- 臺北市 : 新經典圖文傳播有限公司, 2024.11
面； 公分. -- (Essential ; YY0944)
ISBN 978-626-7421-50-5(平裝)

863.55　　113016213

紀州庵一景

本書讀者特享

感謝讀者支持購買《文學．老屋．好料理》，您可憑書到紀州庵文學森林享受飲品招待。

辦法：即日起，讀者可憑書至紀州庵文學森林風格茶館消費一份作家私房菜，就可享有免費飲料乙杯（飲品定價約 160）。

※ 新書優惠，每本書僅限使用一次，不可折現。
使用後結帳時請出示本頁，讓店家蓋上「紀州庵紀念章」。

※ 活動不受時間限制，詳情請洽紀州庵的工作人員。